가즈나이트 R
Gods Knight R

이경영 판타지 장편 소설
FANTASY FRONTIER SPIRIT

가즈 나이트 R 20
이경영 판타지 장편 소설

초판 1쇄 찍은 날 § 2013년 9월 12일
초판 1쇄 펴낸 날 § 2013년 9월 16일

지은이 § 이경영
펴낸이 § 서경석

편집부장 § 권태완
편집책임 § 어정원

펴낸곳 § 도서출판 청어람
등록번호 § 제1081-1-89호
등록일자 § 1999. 5. 31
어람번호 § 제1-1675호

주소 § 경기도 부천시 원미구 심곡2동 163-2 서경B/D 3F (우) 420-822
전화 § 032-656-4452 팩스 § 032-656-4453
http://www.chungeoram.com
E-mail § chungeorambook@daum.net

ⓒ 이경영, 2010

ISBN 978-89-251-3473-4 04810
ISBN 978-89-251-2296-0 (세트)

※ 파본은 구입하신 서점에서 교환하여 드립니다.
※ 저자와 협의하여 인지를 붙이지 않습니다.
※ 이 책은 도서출판 청어람과 저작자의 계약에 의해 출판된 것이므로,
  무단 전재 및 유포·공유를 금합니다.

이경영 판타지 장편 소설

FANTASY FRONTIER SPIRIT

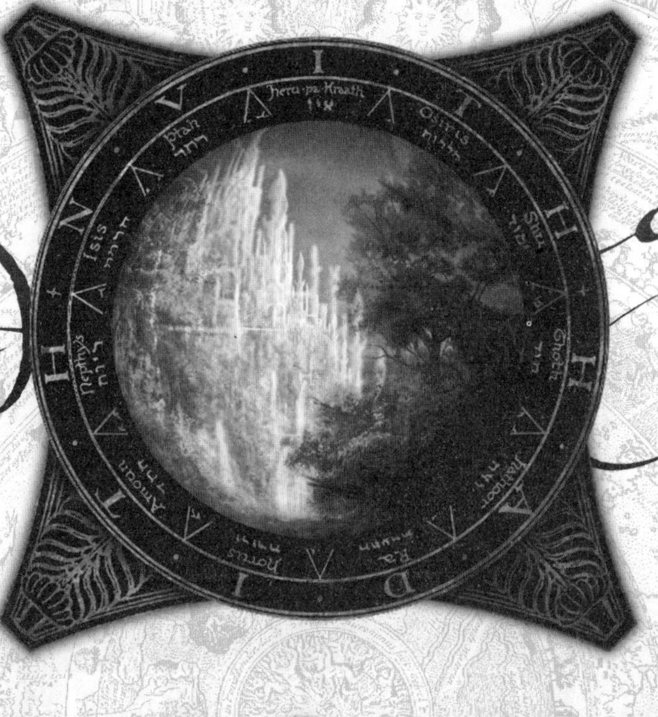

가즈나이트R

Gods Knight R

20

도서출판 청어람

CONTENTS

제88장 조언자 … 7

제89장 왕의 힘 … 45

제90장 짐승들의 이야기 … 85

제91장 존재하지 말아야 하는 자 … 147

제92장 검은 날개 기사단 … 189

제93장 강제 종료 … 251

CHAPTER 88
조언자

아주 오래전.

아스가르드의 주신, 오딘은 그 누구에게도 말한 적이 없는 걱정을 품고 있었다.

세계 그 자체라 할 수 있는 나무, 위그드라실은 오딘이 세상을 창조할 때 싹을 낸 이후 충실히 성장하여 지금은 거인들마저도 오르지 못할 만큼 높은 산맥까지도 문제없이 떠받치고 있었다.

하지만 오딘은 위그드라실을 제대로 살핀 적이 없었다. 정확히 말하자면 최하층인 니블헤임보다 아래에 있는 '뿌리'까지 간 일이 없었다.
　그 때문에 오딘은 자신이 과연 전지전능한 존재인지 의심스러웠다.
　분명 세상을 창조하고 그 속의 존재들을 온갖 방향으로 번성시켰지만 위그드라실의 뿌리에 대체 무엇이 있고 구조가 어떤지 투시할 수 없는 사실은 전지전능이라는 말에 완전히 위배되는 요소였다.
　오랫동안 고민한 끝에 오딘은 결국 자신이 가장 신뢰하는 자인 토르에게 속내를 털어놓았다.
　이야기를 끝까지 들은 토르는 자신의 갈색 곱슬머리를 긁으며 빙긋 웃었다.
　"그럼 직접 가보시면 되지 않습니까?"
　"나보고 자리를 비우란 말인가?"
　오딘이 자신과 마주앉은 토르를 쏘아봤다.
　토르는 오딘이 겁을 먹거나 권력욕에 취하여 그런 소리를 하는 게 아님을 알고 있었다.
　오딘의 부인인 프리그는 어느 한도 내의 운명을 예언하는 능력을 가지고 있었다.
　그녀는 오딘에게 무슨 일이 있더라도 발할라를 오랫동안 떠나지 말아야 하며, 만약 그랬다가는 형제들을 죽이게 될 것이라 경고했다.

그녀의 예언이 자신의 상식마저 초월하고 있음을 알고 있는 오딘은 그 때문에 위그드라실의 뿌리에 대한 고민과 궁금증을 직접 풀 수가 없었다.

"원하신다면 제가 직접 다녀오겠습니다."

제안과 함께 토르의 크고 단단한 몸이 힘차게 꿈틀거렸다. 토르가 입은 옷은 그 강건한 육체의 형태까지 감추지는 못했다.

"부탁을 해서 해결할 수 있는 일이었다면 진작 했을 것이네. 세계수의 뿌리는 온 세상의 압력이 집중되는 장소일세. 게다가 심층부는 나도 투시할 수가 없네. 괴물이 산다면 상상을 초월하겠지. 난 그런 곳에 자네를 보낼 수가 없네."

"흠, 만약 오늘 이후 제 모습이 보이지 않는다면 뿌리를 향해 여행을 갔다고 생각해 주십시오."

토르가 웃으며 고집을 부렸다. 오딘은 그런 표정의 토르가 얼마나 끈질긴지 알고 있기에 더 이상 말을 하지 않았다.

*　　　*　　　*

토르의 여행은 아주 길었고 그가 걸은 길에는 수많은 신화가 만들어졌다.

아스가르드를 거쳐 인간들이 사는 미드가르드, 그리고 인간들에게 지옥이라 불리는 니블헤임까지. 토르는 세월을 잊은 채 끊임없이 내려갔다.

하지만 그 전의 모든 즐거움을 씻어낼 만큼 획기적인 일이 일어난 것은 마지막 통과지대이자 가장 위험한 지역이라 할 수 있는 무스펠헤임을 지날 때였다.

무스펠, 즉 불의 거인들 중 한 명이 토르에게 적대심 대신 호의를 가지고 그에게 접근한 것이다.

몸에 붙은 불이 거의 꺼져 화산암과 같은 알몸만이 남아버린 그 불의 거인은 인간으로 치자면 사망연령에 가까운 노인이었다.

자신을 '뉘르덴'이라 소개한 불의 거인은 마지막 순간만이라도 재미있는 것을 보고 싶다며 토르에게 동행을 요청했다.

"이 뉘르덴, 평생 모험과 여행을 즐겼습니다만 아스가르드의 신과, 아니 토르님과 같은 유명한 분과 함께 여행한 적은 없었습니다. 얼마 남지 않은 이 목숨을 당신의 힘찬 모습과 함께하고 싶습니다."

"나쁠 건 없지."

남을 대놓고 의심하는 성격이 아니었던 토르는 그의 소원을 허락해 주었다.

"하지만 뉘르덴이여, 나와 동행하려면 자네 자신의 즐거움 외에도 뭔가가 더 필요할 것 같군."

"무엇을 원하십니까?"

"자네만 재미있으면 치사하지 않나?"

"솔직하시군요."

온몸이 현무암처럼 되어 있는 뉘르덴은 입술 좌우에서 불꽃을 뿜는 것으로 웃음을 대신했다. 그들의 습성을 알고 있는 토르는 그의 이야기를 기다렸다.

"저는 토르님께서 어떤 길을 택할 것인지 알고 있었기에 이곳에서 당신을 뵐 수 있었습니다. 또한 어느 길을 가야 수르트님의 눈을 피할 수 있는지도 잘 알지요. 아, 싸움의 즐거움을 원하신다면 수르트님의 비밀기지로 안내해 드릴 수도 있습니다."

"내가 원하는 즐거움은 평온함일세. 지금은 말이지."

토르는 만족하여 씩 웃었다.

"뉘르덴이여, 그 다리로 내가 가려는 길까지 갈 수 있겠나?"

뉘르덴은 허벅지와 복부의 피부 균열에서만 간간히 불꽃을 토하고 있었다.

무스펠헤임에 사는 불의 거인들은 나이가 들수록 몸에서 새어나오는 불꽃이 약해진다. 그들은 태어날 때도 불꽃을 몸에 두르고 있으며 불꽃은 장년기에 절정을 이룬 뒤 이후 점차 약해지게 된다.

사실 뉴르덴은 한 시간도 걷기도 힘들 만큼 약했다. 그런데도 여행이 주는 즐거움, 아니 독성에 중독된 마음을 진정시킬 수가 없었다.

토르의 앞길을 막은 것은 그의 입장에서만 봤을 때 물에 빠진 와중에 지푸라기를 잡는 것이나 마찬가지였다.

"마지막 여행을 위한 자네의 용기는 가치를 따지기 힘들겠군."

감탄한 토르는 뉴르덴의 두 다리와 허리에 적당한 힘을 불어넣어주었다.

토르 덕분에 걷는 것이 자유로워진 뉴르덴은 무스펠헤임의 주인인 '수르트'조차 모르는 뒷길을 이용하여 토르와 함께 그곳을 안전히 빠져나갔다.

이후의 길은 미지의 영역이었다.

숲에는 짐승들이 다닌 흔적밖에 없었다. 얼마 못가서는 벌레 한 마리 살지 않는 죽은 땅이 펼쳐졌다.

그러나 위그드라실의 뿌리들이 뚜렷하게 드러나면서 토르와 뉴르덴은 즐거움을 만끽했다.

별이 반짝이는 어둠의 공간, 즉 우주를 향해 뻗은 뿌리들이 눈에 보이지 않을 만큼 작은 입자들을 빨아들여 새로운 땅을 만드는 모습은 둘을 감동시켰다.

그러나 그 창조 과정은 매우 위험했다. 토르가 자신의 몸을 키워 우주 밖으로 손을 내미는 순간 그 팔이 흔적도 없이 분해가 되어버린 것이다.

다시 몸을 줄여 자신의 사라진 팔을 확인한 토르는 팔을 재생시키며 한숨을 돌렸다.

"바깥세상은 이곳과 정말 다른 것 같군."

그로부터 1개월 뒤, 오딘의 눈이 미치지 못하는 장소에 결국 도달한 토르와 뉘르덴은 아주 낯선 존재와 마주하게 되었다.

그들이 만난 장소는 위그드라실의 뿌리를 먹어 치울 듯이 뚫려 있는 커다란 동굴의 입구였다.

그 앞에는 한 쌍의 검은색 눈을 둥글고 커다랗게 뜬, 마치 하얀색 유령처럼 보이는 기이한 존재가 서 있었다.

"토르로군. 예상대로야."

그 존재가 자신의 이름을 함부로 말하자 수염으로 거친 토르의 안색이 더욱 사나워졌다.

"신분을 밝혀라, 낯선 자여!"

그는 자신이 자랑하며 즐겨 사용하는 무기, 묠니르를 오른손에 들고 혹시라도 있을 공격에 대비했다.

그러나 검은색 눈의 존재는 무려 토르를 앞에 두고 있음에도 불구하고 긴장조차 하지 않았다.

"실례했군. 어느 정도 격식은 필요한 법이지."

토르의 뒤편으로부터 검은색 돌가루가 확 날렸다. 뒤를 돌아본 토르는 여태까지 길동무를 해줬던 뉘르덴이 사라졌음을 단숨에 알아차렸다.

"네 이놈!"

토르는 분노했다. 그는 조용한 죽음 대신 멋진 마지막을 선택한 뉘르덴의 용기를 존중하고 그와 우정에 가까운 감정을 나눴다.

가뜩이나 의협심이 깊은 토르가 그런 상황에서 인내심을 발휘할 리는 없었다.

그러나 상대는 완전한 미지의 존재였다.

토르의 묠니르를 가뿐히 무시한 그 존재는 입도 없는 주제에 한숨 소리를 냈다.

"그 늙은 불의 거인이 이 자리에 어울리는 자라 생각하나?"

"그는 긴 모험의 대가를 받을 권리가 있었어!"

"대가? 권리? 그건 자네의 판단일 뿐이야."

"이 녀석!"

토르가 묠니르를 휘두를 때마다 땅이 깨지고 하늘의 색이 변했다. 묠니르가 부른 번개들은 폭우처럼 내려와 지면을 구워 버렸다.

그러나 그 어떤 공격도 통하지 않았다.

이상한 느낌을 받은 토르가 공격을 중단했을 때, 그 검은색 눈의 존재가 매서운 모습으로 두 눈을 부라렸다.

"자네를 살려서 얻을 이득이 죽여서 얻을 이득보다 더 크니 지금은 무례를 용서하지. 당장 돌아가서 오딘을 나에게 데려와라, 토르여."

"오딘님을?"

토르가 묻자 상대가 끄덕였다.

"오딘은 정말 특이한 존재더군. 시간의 관리는 시간 그 자체에 자연스레 맡겨 버렸고 세상은 구체의 행성이 아니라 거대한 나무를 바탕으로 창조했지. 아마 '녀석들' 마저도 당황케 만들었을 거야."

녀석들이라는 말이 상당히 신경 쓰였지만 토르는 다른 생각보다 눈앞에 있는 존재에게 모든 감지 능력을 집중했다.

'뼈와 살로 이뤄진 존재가 아니야. 하지만 신은 더욱 아니군. 저 자리에 있는 것 자체가 내 지식을 초월한다는 뜻인가?'

검은색 눈의 존재가 다시 눈을 크게 떴다.

"자네와 더 이상 대화할 생각은 없네. 만남의 기념으로 자네를 오딘의 발할라 성으로 보내주겠네. 가서 오딘을 설득한 뒤 이곳으로 데려오게."

상대가 자신을 완전히 무시하고 있다는 사실에 토르는 자존심이 상했다. 급한 성격에 크고 작은 사고를 일으킨 적이 허다한 그였지만 그렇다고 바보는 아니었다.

타고난 사냥꾼이자 낚시꾼이기도 한 그는 인내심을 언제 발휘해야 하는지 잘 알고 있었다.

그리고 그때가 바로 지금이었다.

"난 말재주가 없네. 어떤 말로 오딘님을 설득해야 할지 잘 모르겠군."

그 순간 토르의 얼굴에서 핏기가 빠지고 근육질로 단단한 두 팔이 젖은 이불처럼 축 늘어졌다.

그의 눈앞에는 발할라의 성문이 있었다.

'그자가 나를 옮긴 건가? 아니면 내가 꿈을 꾸고 있는 것인가?'

그에 대한 해답은 성문을 직접 열고 나타난 오딘의 표정에서 얻을 수 있었다.

"갑자기 나타나다니, 자네에게 그런 재주가 있었나?"

오딘이 당황하여 질문하자 토르는 누가 볼세라 급히 오딘을 잡아끌고 발할라 안으로 들어갔다.

"오딘님을 뵈려는 자가 있습니다."

"날 만나려는 자? 누구인가?"

"이름은 듣지 못했습니다. 하지만 굉장한 능력의 소유자입니다. 오딘님께서는 반드시 그를 만나보셔야 합니다!"

대화를 하는 와중에도 토르는 오딘을 거의 들다시피 하여 끌고 가고 있었다.

"이보게!"

오딘이 고함을 지르며 토르를 떼어냈다.

두어 걸음 물러난 토르는 호흡이 거칠었다. 얼굴뿐만 아니라 몸 전체가 벌겋게 상기되어 있었고 눈은 공포로 심하게 떨리고 있었다.

그런 모습의 토르를 처음 보는 오딘은 보통 일이 아님을 직감하고 그의 머리에 손을 얹었다.

"자네가 보고 느낀 모든 것을 읽어보겠네."

토르는 고개를 끄덕인 뒤 눈을 감았다.

토르가 위그드라실의 뿌리 근처에서 보고 느낀 모든 것들이 오딘에게 전달되었다.

오딘은 토르의 모든 공격을 무시했을 뿐만 아니라 그를 발할라 앞으로 날려 버리기까지 한 존재의 모습을 확인했다.

그 하얀색 몸에 불길한 검은색 소용돌이와 같은 눈을 가진 존재가 정확히 무엇인지 오딘도 알 수 없었다. 하지만

한 가지만은 확실했다.

"내가 세운 세상의 법칙에 구속된 존재가 아니로군."

오딘은 중얼거리면서 토르의 머리에 댔던 손을 떼었다.

"그런 존재가 왜 이 세상에 있는 것입니까?"

토르가 질문하자 오딘은 두 눈을 위로 올렸다.

"찾아왔을 가능성도 있지."

오딘의 손에서 검은색 금속으로 된 지팡이가 번쩍 나타났다.

"내가 돌아올 때까지 내 자리를 지켜주게. 그 간반테인을 내 말의 증거로서 자네에게 맡기지."

지팡이, 간반테인을 건네받은 토르는 자신의 주신을 걱정스럽게 바라봤다.

"정말 가실 겁니까?"

"물론이지. 이 오딘을 지명하지 않았는가?"

오딘은 감옥에서 방금 풀려난 사람처럼 상쾌한 표정이었다.

전지전능에 대한 의심의 속박에서 확실히 벗어난 덕분에 오딘의 마음에는 지금 자유가 충만했다.

그러나 토르의 표정은 여전히 좋지 못했다.

"신중을 기하십시오. 혹시라도 오딘님께서 해를 입으신다면 아스가르드는 물론 위그드라실의 모든 생명체가 혼란에 빠질 것입니다."

"토르여."

오딘은 시큼하게 웃었다.

"자네는 여전히 사적인 일에는 용맹하지만 공적인 일에는 소녀 같군."

오딘의 지적에 토르는 말을 하지 못했다.

그가 공적인 일을 할 때 소극적이 되는 이유는 자신의 생각이나 행동 때문에 다른 이들이 해를 입을까 걱정이 되어서였다.

오래전, 요툰헤임에 사는 거인들과 작은 전쟁을 벌였을 때 토르는 앞장서서 아스가르드의 군대를 지휘한 일이 있었다.

거기서 토르는 상당한 전과를 올렸고 그의 용맹은 위그드라실 전체에 퍼졌다.

그러나 그가 연거푸 시도한 무모한 작전들은 모두 성공하긴 했지만 부정적인 의미로서의 '결과'에 지나지 않았다.

토르의 군대는 작전 때마다 엄청난 사상자를 낳았고 최악의 경우에는 토르 혼자 살아서 승리한 일도 있었다.

전투가 모두 끝난 이후 토르는 전사자들의 가족들이 가진 자신에 대한 원망을 뒤늦게나마 알게 되었다.

그 이후 그는 다른 이들과 함께하는 일에 대해서는 지나칠 정도로 조심스러워졌다.

"듣게나, 토르여."

오딘이 그를 다시 불렀다.

"자네가 옛일로 인해 얻은 것은 겁이 아닐세. 바로 신중함이지."

하얀 수염의 그 주신은 토르의 단단한 양어깨를 두 손으로 꽉 잡았다.

"난 그 어떤 괴물과 맞서도 두려워하지 않는 자들을 매우 좋아한다네. 그들의 용맹스러운 전투는 나를 흥분시키지. 하지만 그렇다고 해서 아스가르드 최고신의 자리까지 맡길 만큼 신뢰하지는 않는다네."

"……."

"토르여, 자네의 신중함을 믿게. 내가 자네를 믿는 만큼 말일세."

토르는 그냥 끄덕이기만 했다. 오딘은 그 모습이 오히려 믿음직스러웠다.

* * *

오딘은 그 수수께끼의 존재가 있는 땅에 벼락처럼 떨어

져 내려왔다. 토르가 그곳에 내려가기 위해 오랜 시간 동안 고생한 것을 생각하면 허무할 만큼 편리한 모습이었다.

오딘이 가장 먼저 감지한 것은 아주 강력한 살기였다. 그 살기와 더불어 창조주인 오딘조차 놀라게 할 만큼의 충격이 연쇄적으로 일어나 위그드라실의 뿌리를 흔들었다.

그러나 그 살기는 오딘의 시야에 동굴이 들어오기 직전에 잠잠해졌다.

동굴 앞에는 토르의 기억을 통해 봤던 수수께끼의 존재와 숯처럼 구워진 채 엎드려 있는 누군가의 모습이 있었다.

수수께끼의 존재는 오른손에 붉은색의 가면을 들고 있었다. 얼굴뿐만 아니라 머리 전체를 가릴 수 있게 만들어진 그 가면은 아주 불길한 느낌의 힘을 뿌리고 있었다.

수수께끼의 존재는 오딘을 감지했음에도 불구하고 하던 일을 계속했다.

"넌 분명 '그들' 중에 한 명이지만 내가 아는 그들과는 조금 다르군. 프라임의 가호를 받지 않는 자라. 특이한 경우야. 어쨌거나 넌 실패했다."

수수께끼의 존재는 손에 쥔 가면을 힘으로 으꼈다.

그와 동시에 까맣게 타 쓰러진 존재가 씩 웃었다.

"아주 고맙군."

중얼거린 존재는 부서져 사라지는 가면과 함께 그 자리

에서 사라졌다.

"머리를 썼군."

수수께끼의 존재는 가면을 쥐고 있던 손을 한참 살펴본 뒤 체념한 듯 고개를 흔들었다.

그는 이윽고 오딘을 돌아봤다.

"환영하네, 아스가르드의 주인이여. 만나게 되어 아주 반갑군."

"그대가 이 오딘을 부른 자임에 틀림없겠지?"

오딘은 일어날 수 있는 모든 상황에 대비한 채 차근차근 질문했다.

"그렇다네."

"우호적인 입장으로 나를 만나려 했다면 자네의 이름을 들려주지 않겠나?"

"이름?"

그 존재가 오딘에게 천천히 다가왔다. 그는 걷는 것이 아니라 지면 위에 붕 뜬 상태로 이동했다.

"신이면서 그런 것으로 상대를 분류하려 드는가? 한심하군."

"그럼 이 한심한 존재를 배려해 주게. 그렇다면 그대의 우월함을 인정하지."

오딘의 말이 일리가 있다고 생각했는지 그가 이윽고 목

소리를 냈다.

"미미르라고 하지. 그렇게 부르게."

"미미르? 위그드라실의 거인들이 사용하는 작명법이군."

"이유를 설명해 주지."

오딘은 주변 일대에 엄청난 규모와 중량을 가진 존재들이 갑자기 모습을 드러내자 크게 놀랐다.

마치 바위들을 큼직큼직하게 뭉쳐 만든 듯한 존재들이 위그드라실의 뿌리 주변에 잔뜩 있었다.

형태 자체는 아이들이 돌멩이를 사람 형태로 쌓은 것처럼 우스꽝스러웠지만 몸체 곳곳에서 용솟음치는 그 순수한 힘은 압권이었다.

회색의 거인들, 그보다 큰 검은색의 거인들, 그리고 산처럼 큰 붉은색의 거인들은 요툰헤임과 무스펠헤임의 모든 거인을 합친 것보다 훨씬 더 위험했다.

특히 가장 큰 붉은색의 거인 주변은 검은색으로 물들고 있었다. 단순한 염색이 아니었다. 오딘이 정립한 세상의 법칙이 깨져 '공허'로 탈바꿈되는 무시무시한 광경이었다.

그 어떤 상황에서도 위엄과 여유를 잃지 않았던 그의 모습은 현재 사막에 홀로 버려진 어린 양처럼 초라했다.

"자아, 나에게 미미르라는 이름 외에 다른 이름을 지어주고 싶은가?"

"그럴 수는 없을 것 같군."

오딘이 인정하는 순간 주변에 득실거리던 거인들의 모습이 한순간에 사라졌다.

오딘은 그 모든 과정을 이해하기가 힘들었다. 상대는 탁자 위에 있는 음식들을 보자기로 감추는 것보다 쉽게 그 바위로 된 거인들을 출몰시켰다.

모습만이 아니라 중량까지도 '감췄다'. 그 미미르라는 존재가 거인들을 오딘이 모르는 장소로 이동시킨 것이 아니라면 중량을 감추는 것은 말부터가 안 되는 일이었다.

그러나 실제로 봤으니 오딘도 할 말은 없었다.

"모든 것이 궁금하겠지?"

미미르가 물었다. 그러자 오딘은 껄껄 웃었다.

"하하, 물론이지. 궁금해하라고 일부러 보여준 것이 아닌가?"

미미르가 끄덕거렸다.

"감각이 마비되고 상식이 부서질 만큼 압도적인 힘을 경험했음에도 불구하고 대등한 위치를 유지하려 하다니, 과연 쓸모가 있군."

유령과도 같은 미미르의 모습이 점차 인간의 형태를 갖추었다.

요툰헤임의 거인들 중에서도 가장 작은 축의 거인처럼 모습을 갖춘 미미르는 손으로 자신의 얼굴을 쓸어내려 은색으로 빛나는 긴 수염을 만들었다.

머리카락도 단지 쓰다듬었을 뿐인데 자라나서 적당한 산발이 되었다. 그 색은 수염과 마찬가지로 은색이었다.

"따라오게. 이제부터 자네에게 많은 것을 가르쳐주겠네."

"많은 것?"

"우선 현세의 지혜를 주겠네."

미미르는 쌍꺼풀 짙은 눈으로 오딘을 보며 이야기를 계속했다.

"아니, 경작지의 진실이라고 하면 되겠군."

미미르는 동굴 속으로 성큼성큼 들어갔다. 도중에 흰색의 옷감을 만들어 몸을 두른 뒤 그것을 제대로 된 옷으로 바꾸는 것도 잊지 않았다.

* * *

오딘은 동굴에 들어가자마자 자신의 위치가 위그드라실의 첫 번째 뿌리 밑으로 이동되었음을 깨달았다.

그가 들어오기 전에 감지한 동굴의 길이는 아스가르드에

서 가장 빠른 전투마를 탄다고 해도 하루를 예상해야 할 정도였다.

하지만 그는 목적지로 보이는 곳에 일순간 도달했다. 시간이 조작된 게 아닐까 생각도 해봤지만 세계의 주인으로서 그가 갖고 있는 시간개념에는 아무런 문제가 없었다.

동굴에 들어오기에 앞서 요툰헤임에 사는 거인처럼 모습을 바꾼 미미르는 당황하고 있는 오딘을 지켜보고 있었다.

"오딘이여, 그대는 밤하늘의 깊이를 알고 있나?"

"그 또한 내가 모르는 것 중에 하나지. 내가 감지할 수 있는 별들의 숫자가 하늘의 끝은 아닐 것 같더군."

"잘 이해하고 있군."

미미르가 만족스럽게 고개를 끄덕거렸다.

"지금 자네가 보고 있는 별빛의 대부분은 못해도 수천 년, 길게는 수만 년 전의 것들일세. 빛의 속도로 내달렸을 때 그만큼 걸릴 정도로 아주 먼 곳에 있다는 뜻이지."

미미르는 사포로 부드럽게 다듬은 나무처럼 매끈한 두 팔을 좌우로 벌리며 즐거워했다.

"나는 그 장대한 거리를 단 한순간에 이동할 수 있네. 자네 세계의 여행자들이 별자리에 의지하여 밤길을 가는 것처럼 나는 이 '검은색 우주'의 기점이 된 곳을 기준 삼아 자유롭게 움직일 수 있지."

투구 밑에서 빛나는 오딘의 눈에 힘이 들어갔다.

"마법을 이용한 공간이동과 이론적으로는 비슷한 것 같군."

"비슷하다는 말은 틀렸네. 똑같지. 차이점은 규모와 기준일세. 창조주 개인이 세운 좌표의 법칙을 따르느냐, 아니면 우주의 절대 좌표를 따르느냐 하는 것일세."

미미르가 수그려 앉아 오딘과 눈을 마주했다.

"필요한 힘의 규모는 막대하지. 가고자 하는 장소까지 존재하는 공간의 모든 것들을 압축시켜야 하거든. 시간마저도!"

"……."

"어쨌든 자네는 그와 동일한 기술을 사용하여 이곳까지 내려올 수 있었네. 좋은 경험이 되었으면 좋겠군. 그럼 따라오게."

미미르가 다시 일어나 저 멀리 어둠 속에 보이는 빛을 향해 걸어갔다.

오딘은 그를 따라 걸으면서 생각에 잠겼다.

'은하수를 보고 우주의 크기를 짐작했지만 저 미미르라는 자가 알고 있는 우주의 크기는 그 이상인 것 같군.'

걷는 도중에 오딘이 물었다.

"나도 충분한 규모의 힘을 가진다면 자네처럼 우주를 여행할 수 있나?"

"자네는 괜찮을 수도 있겠지. 하지만 자네가 세운 법칙하에서 태어난 신들이나 생물들은 경작지를 벗어나는 순간 존재 자체가 와해된다네."

"경작지?"

"어둠의 경작자들이 그대들을 사육하기 위해 만든 일종의 울타리일세. 창조주의 법칙이 도달하는 최소한의 단위이기도 하지."

자신의 품에서 완전히 벗어난 존재가 어떻게 되는지 이론적으로 잘 알고 있는 오딘은 어둠의 경작자와 경작지, 그리고 사육이라는 불쾌한 단어에 의문을 가졌다.

"어둠의 경작자란 무엇인가? 내가 모르는 어떤 세력인가?"

"오딘이여, 듣고 싶다면 나와 거래를 해야 한다네."

"거래?"

오딘의 목소리가 점점 더 격앙되었다. 창조주로서 세상의 모든 것을 다 알고 있었던 입장인만큼 의문에 대한 그의 인내력은 별 볼일 없었다.

"긴 대화를 나누기 위한 장소가 저기 있으니 조금만 더

걷지 않겠나?"

미미르가 웃음소리를 섞어 말했다. 오딘은 모욕감을 참아내면서 빛이 보이는 장소로 계속 걸었다.

빛은 우물에 차 있는 맑은 물에서 솟아오르고 있었다.

우물 자체는 우주적인 특이함이 없었으나 물은 달랐다. 일단 스스로 빛을 내는 것부터가 특이했지만, 오딘의 눈에는 그것이 물이 아니라 끊임없이 상호작용을 하고 있는 미지의 입자들로 보였다.

"미미르여, 이것은 무엇인가?"

"내가 살아온 고향의 일부일세. 또한 자네의 미래를 보장해 주는 물질이기도 하지."

"나의 미래?"

오딘이 미미르를 다시 봤다. 거인의 크기였던 미미르의 몸은 오딘보다 약간 작은 크기로 변해 있었고 그들 사이에는 나무로 된 하얀색 탁자와 의자들이 있었다.

"앉게나."

미미르가 손을 내밀자 오딘은 주저없이 자리에 앉았다. 미미르도 뒤이어 반대편에 앉았다.

탁자 위에는 먹고마실 것이 아무 것도 없었으나 분위기는 묘했다. 탁자와 의자도 우물의 물처럼 자체발광을 하고 있었다.

"우선 내가 자네를 선택한 이유를 이야기해 주지."

미미르는 부드럽게 팔짱을 꼈다.

"검은색 우주에 존재하는 생명체 중에서 가장 강력한 존재는 신이라네. 그들은 '기적' 이라는 특이현상을 일으켜서 자신만의 독립적인 세계와 현상을 구축할 수 있다네. 그리고 자네는 그 신들 가운데 한 개체지."

"흥미있는 이야기는 아니군."

오딘은 수염을 긁적거렸다.

"검은색 우주라는 말을 계속 들은 것 같은데, 다른 색깔의 우주도 존재하는가?"

"하얀색의 우주. 바로 나의 고향이라네. 검은색의 우주와는 모든 것이 다른 장소지. 그 차이를 알고 싶나?"

미미르가 묻자 오딘이 끄덕였다.

"자네가 어떤 답을 할지 궁금하군."

"나는 답을 하지 않을 것이네. 오히려 자네에게 질문할 것이네, 오딘이여."

미미르가 말했다.

"자네는 왜 그런 모습을 하고 있나?"

"가장 마음에 드는 모습이지. 젊은 여성의 모습을 원하나?"

"하하, 질문이 잘못됐군."

미미르가 손을 흔들고는 다시 물었다.

"왜 반드시 모습을 갖추려 하는 건가?"

"구별을 위해서랄까?"

"바로 그렇다네. 검은색 우주에 살고 있는 모든 것들의 공통점은 어떻게든 스스로를 구별 지으려 한다는 것이지. 모든 것은 특징이 있고 그 특징을 통해 구별된다네."

그쯤 되자 오딘은 미미르가 나중에 가서 무슨 말을 하게 될지 궁금해졌다.

"하얀색의 우주에 살고 있는 것들은 그 어떤 특징도 없는가?"

"그렇다네. 상호작용만이 존재하지. 그것만으로 충분해. 검은색의 우주에 있는 생명체들처럼 뭔가를 계속 소모해서 살아갈 필요가 없다네."

"흠, 아주 좋은 곳이군!"

오딘은 작위적인 표정을 지은 채 감탄했다.

"그럼 그 좋은 곳에서 계속 살 것이지, 왜 여기 와서 날 괴롭히는 건가?"

"자네는 자네가 누군가에게 사육되고 있다는 사실에 화가 나지 않나?"

"화가 나겠지! 실제로 그렇다면 말일세!"

오딘의 목소리가 점차 올라갔다.

"미미르여, 자네가 굉장한 능력을 가지고 있다는 사실은 직접 경험했으니 잘 알겠네. 하지만 자네는 지금까지 내 흥미를 끌 만한 이야기를 단 한 차례도 하지 못했다네. 오히려 머릿속만 피곤하게 만들었지! 장사꾼이었다면 일주일도 못가서 망할 테니 먹고살려면 다른 일을 알아보게! 난 그만 가도록 하지!"

"호오, 그런 식으로 나를 조급하게 만들려는 건가?"

미미르는 오히려 여유가 있었다.

"그렇다면 흥미진진하게 만들어주지."

마주하던 미미르와 오딘의 눈이 동시에 빛났다.

"으윽!"

오딘은 비명을 지르며 일어났다. 그 기세에 그가 쓰던 의자가 뒤로 날아가 어둠 속에 내동댕이쳐졌다.

"지금 자네에게 전달된 것은 자네의 창세와 관련된 자료들일세. 자네에게 해체당한 전대 창조주, 이미르가 갖고 있던 아카식 레코드의 끝자락이지."

"으으음……!"

오딘의 두 눈은 여전히 빛나고 있었다. 그는 자신에게 갑자기 전달된 엄청난 양의 정보들로 인해 괴로워하고 있었다.

고통을 겪는 것은 그의 육체만이 아니었다. 오딘의 마음은 그 자신이 알고 있던 창세의 기억과 전혀 다른 몇 가지 부분 때문에 찢어질 듯이 괴로웠다.

"빌리와 베이가… 내 형제가 아니라고?"

"그들은 자네의 창세를 돕기 위해 개입한 어둠의 경작자들일세. 자네에게 죽은 이미르 역시 그들의 도움을 받아 전대의 신계를 멸망시키고 자신의 신계를 세웠지."

순간 탁자의 파편이 공중으로 치솟았다. 오딘이 주먹으로 탁자를 내려친 것이다.

"요망한 자여, 감히 누구를 속이려 드는가? 나는 아스가르드의 주신인 오딘이다!"

"창조주급 신이라 해도 정보의 진실성을 구별하지 못하나 보군. 그렇다면 잠시 빌리겠네."

미미르의 손에 빛나는 구체가 나타났다. 오딘은 그것이 자신의 왼쪽 눈임을 알고 경악했다.

"어느새……?"

미미르는 오딘의 눈을 들고 우물을 향해 걸어갔다.

"자네의 이 눈에 우리가 가진 힘과 경작자들에 대한 정보의 일부를 심어주겠네."

오딘의 눈이 미미르의 손을 떠나 우물 안으로 들어갔다. 물속에서 진동하던 오딘의 눈은 이윽고 갈증에 미친 짐승처럼 우물의 물을 빨아들였다.

잠시 후 눈알이 붉은색으로 빛났다. 그 폭발적인 빛을 살핀 미미르는 다시 눈을 들어 오딘을 향해 던졌다.

오딘의 머리와 두꺼운 목이 한 차례 흔들렸다.

눈을 되찾은 오딘은 이 세상의 것이 아닌 힘과 지식이 왼쪽 눈을 통해서 자신에게 전달되는 것을 막을 수가 없었다.

"그것을 토대로 자네의 성에 돌아가 진실을 알아보게. 모든 것이 증명되면 이곳으로 돌아오게나."

자신의 왼쪽 눈을 두 손으로 겹쳐 누른 채 괴로워하던 오딘은 이윽고 그 자리에서 사라졌다.

미미르가 있는 곳에 오딘이 돌아오기까지는 사흘이 걸렸다.

그의 형제, 빌리와 베이에 관한 진실은 첫날에 완전히 밝혀졌다.

그들과 관련된 프리그의 예언을 들었을 때, 오딘은 그들이 나쁜 생각을 품을지 모른다는 예상까지는 해봤지만 아예 형제조차 아니었다는 생각은 해본 일이 없었다.

오딘은 미미르가 자신에게 준 힘 대신 자신이 갖고 있던 지식을 이용하여 형제들을 시험했다.

그는 잔치를 하겠다며 빌리와 베이를 비롯한 모든 신들을 불러 모은 후 밤늦게까지 먹고 마셨다. 이후 모두가 돌아간 뒤에 오딘은 빌리와 베이가 입에 댄 식기에 자신의 피를 흘려봤다.

같은 아버지와 어머니를 둔 사이이니만큼 오딘의 피는 그의 형제들이 남긴 흔적에 그 어떠한 반응도 보여선 안 됐다. 그것이 아스가르드 신들의 법칙이었다.

하지만 빌리와 베이의 흔적은 미세한 반발을 일으켰다. 게다가 그 반발 현상이 일어나자마자 생각지도 못한 일이 일어났다.

붉은색의 두건과 망토, 그리고 무광의 황금색 가면을 쓴 미지의 존재가 그의 눈앞에 나타나 기억을 지우려 한 것이다.

오딘은 저항하지 못하고 당했지만 미미르가 왼쪽 눈에 심어준 힘 덕분에 기억을 온전히 보존할 수 있었다.

그는 자신의 행동은 물론 생각까지도 그 미지의 존재들에게 항상 감시당하고 있었음을 깨달았다.

'어둠의 경작자라…….'

의심을 사지 않도록 행동하며 이틀 정도를 더 보낸 오딘은 긴 여행을 간다는 말을 남기고 발할라를 떠났다.

미미르가 준 힘은 오딘을 뒤따르는 추격자들의 위치를 정확히 알려주었다.

추적자들은 오딘의 기억을 지우려 한 그 황금색 가면의 존재와 대체적으로 비슷한 차림새였다. 복장의 색은 감적

색이었고 가면 속에 내제된 힘은 상대적으로 미약했다.

오딘이 미미르의 영역에 들어간 순간, 추적자들은 갑자기 뒤따르는 것을 멈추고 엉뚱한 곳을 바라봤다.

그들의 시선이 있는 곳에는 곡괭이를 손에 쥔 채 땅을 치기 시작한 오딘 자신의 모습이 있었다.

'미미르가 만든 환영인 것 같군.'

그는 그대로 미미르의 동굴을 통해 위그드라실의 뿌리로 향했다.

미미르는 거인의 모습 그대로 오딘을 기다리고 있었다.

"이제 내 말을 믿고 협력할 준비가 된 것 같군."

미미르는 웃었지만 오딘은 굳은 표정이었다.

"미미르여, 자네는 왜 어둠의 경작자들을 사냥하려는 것인가?"

"원한이지."

미미르의 눈동자 전체가 검게 물들었다.

"어느 날, 우리들의 세계 한구석에 큰 폭발이 일어났다네. 그 폭발은 아주 천천히 우리 세계를 잠식했지. 하지만 신경 쓸 수준은 아니었다네. 그 폭발의 확장 속도는 느렸고 그마저도 점차 줄어들고 있었거든. 게다가 속도가 0에 도달하면 다시 수축하여 원래대로 돌아갈 것이 확실했네. 정말 일도 아니었지."

"그런데?"

"너희의 시간으로 수조 년이 흐른 뒤였네. 감소해야 할 폭발의 확장 속도가 급격히 증가했지."

미미르가 이를 부득 갈았다.

"확인해 본 결과 대폭발로 인해 연소된 공간은 이미 또 하나의 우주가 되어 있었네. 우리는 그 우주를 검은색의 우주라고 부르게 되었지."

"……"

"검은색의 우주와 그 안에서 일어나는 수많은 우연이 생명, 생명의 터전, 그리고 생명의 환경을 만드는 것은 충분히 흥미있는 일이었네. 그들의 존재를 인정하는 것은 어렵지 않았지. 하지만 대체 누구 그 검은색 우주의 확장을 억지로 지속시키고 있는지 우리는 알아내야 했네."

"그자들이 바로 어둠의 경작자들이라 이건가?"

"바로 그것이네."

미미르가 왠지 묘한 구석이 보이는 미소를 지으며 고개를 끄덕거렸다.

"그들은 우리가 방치하는 사이에 대량의… 그래, 암흑물질이라는 것을 생산하는 방법을 발견했더군. 바로 너희, 신을 가축으로 삼는 것이었지. 그들은 그렇게 멋대로 자신들의 터전을 넓혔고 우리의 터전을 빼앗았다네."

오딘은 지금까지 들은 이야기를 토대로 생각을 해봤다. 몇 번을 고민해 봤지만 지금 상황에서 가장 위험한 자는 어둠의 경작자들이 아니라 오히려 미미르였다.

오딘은 자신의 예상을 시험하듯이 물었다.

"만약 내가 자네와 협력하여 경작자들을 해치우면 어찌되는 것인가? 자네들의 우주는 본래의 모습을 되찾는 것인가?"

"물론 자네와 자네의 세계가 존재할 공간 정도는 남겨줄 것이네."

오딘의 귀에는 조건이 아니라 급한 변명으로밖에 들리지 않았다.

그는 자신이 여기서 어떻게 판단해야 할지 고민했다.

"좋아, 그런 조건이라면 내가 거절할 이유가 없지. 그런데 미미르여, 자네들의 종족 이름은 무엇인가?"

"검은색 우주에 사는 존재들처럼 분류하면 조금 곤란하지. 그대들의 눈에는 전부 읊는 데에만 수십 분이 걸릴 만큼 많은 종류의 중간자들로밖에 안 보일 테니까."

"호오, 그런가?"

오딘은 호탕하게 웃었다.

"하지만 경작자들은 우리를 단순화시켜 부르더군. '사냥꾼'이라고 말이야."

"흠, 과연······."

오딘은 미미르가 전에 보여주었던 그 거대한 바위덩어리 모양의 괴물들을 떠올렸다.

"그런데 말일세, 자네의 친구들은 내가 보기에도 끔찍할 만큼 강해 보이던데 왜 직접 경작자들을 치지 않는 건가? 경작자들이 그토록 강한가?"

그의 질문에 미미르는 인정하기 싫다는 투로 고개를 끄덕였다.

"경작자들을 이끄는 자들, 프라임들은 이해가 힘들 만큼 강력하지. 내가 여태까지 수집한 정보에 의하면 일반 경작자들과 프라임들은 같은 생물이 아니야. 그들이 어떻게 주종관계를 갖게 되었는지는 알 수 없지만⋯ 아무튼 프라임들 때문에라도 전면전은 불가능하다네."

프라임이 무엇인지 아직 모르는 오딘은 건성으로 고개를 끄덕거리기만 했다.

"물론 이 모든 정보는 끊임없는 전투를 통해서 얻어진 것들이라네. 나 때문에 경작자들의 힘이 비약적으로 강해졌다는 사실을 안 뒤에는 좌절이라는 걸 하고 싶더군. 그래서 난 다른 계획을 수립했다네."

"그리고 그 계획에는 이 오딘이 필요하단 말이겠지."

"그렇다네."

미미르가 눈웃음을 지었다.

"우선 자네의 세계에 있는 경작자들부터 속여보세. 지금 그들은 스스로를 '라타토스크'라 부르더군. 세대가 바뀔 때마다 명칭을 왜 바꾸는지는 정확히 모르지만 그들에게는 아주 중요한 일이라 판단된다네."

"그렇군. 그럼 그들을 어떻게 속이면 되겠나?"

오딘이 묻자 미미르는 자신의 두 손을 맞잡은 뒤 천천히 비볐다.

"이제부터 그 능력을 자네에게 부여해 주겠네."

미미르는 비비던 두 손을 좌우로 활짝 펼쳤다. 그사이에서 끓어오르는 빛으로부터 창처럼 보이는 금속 막대가 나타났다.

"시간이 약간 필요하니 잠시 쉬게나, 오딘이여."

미미르가 갑자기 던진 창이 오딘의 갑옷을 간단히 깨부수고 가슴을 관통했다.

창은 오딘을 매단 채 끝없이 날아가 위그드라실의 첫 번째 뿌리에 박혔다.

"검은색 우주에서 만난 아네라 종족이 말하더군. 죽음을 두려워하여 그저 오래 살기만 한 신은 엘더 갓, 죽음을 두려워하지 않고 극복하여 초월적 힘을 갖게 된 신은 아우터 갓이라고 말이야. 이왕이면 아우터 갓이 더 좋겠지?"

오딘은 대답은 물론 움직일 수조차 없었다. 아스가르드의 주신은 그렇게 조용히 죽음에 빠져들었다.

미미르는 빠르게 썩어 들어가는 오딘의 모습을 즐겁게 지켜봤다.

CHAPTER 89
왕의 힘

회색 원피스를 입은 소녀가 녹슨 채 기울어진 성, 발할라의 문을 열고 안으로 들어갔다.
 늑대의 모습을 한 오딘의 수호자인 게리와 프레키는 바삐 뛰어나와 그 소녀를 맞이했다.
 "하이볼크님, 이렇게 갑자기 찾아오시다니, 대체 무슨 일이십니까?"
 그 이름을 들은 소녀는 자신에게 가까이 다가온 두 마리의 늑대 중 하얀색의 털을 가진 프레키의 머리를 쓰다듬었다.

"오딘님을 뵙고 싶구나. 이곳에 계시는가?"

소녀, 하이볼크는 고개를 바로 저었다.

"아니, 그분이라면 내가 지금 이 시간에 올 것을 알고 계시겠지."

"몰랐네만?"

하이볼크가 뒤를 돌아봤다. 하나로 땋아 내린 그녀의 회색 머리카락이 어깨와 등 위에서 찰랑 움직였다.

인간의 세계에서 사냥해 온 고기들을 아주 큰 자루에 담아 어깨에 짊어진 오딘의 모습이 어딘지 초라해 보이면서도 평화로워 보였다.

"오딘님."

"흠."

하이볼크에게 항복하여 자신의 시대를 마무리한 옛 신, 오딘은 아주 작은 모습으로 나타난 그 승리자를 바라보며 인상을 썼다.

"왜 또 그 모습으로 나타난 것인가? 한 세계의 주인인 자가 그런 모습으로 돌아다닌다면 못쓴다고 이야기했을 텐데?"

"……"

"애초에 내가 부탁한 대로 여성의 모습을 꾸준히 이어나갔다면 서로 불쾌해할 일이 없지 않았나?"

"아카식 레코드가 완성됐습니다."

하이볼크는 오딘의 조언과 상관없이 자신의 이야기를 했다.

바다처럼 깊고 잔잔하던 오딘의 눈매가 단숨에 신의 위엄을 되찾았다. 비록 왼쪽 눈은 안대에 가려져 보이지 않았지만 그는 오른쪽 눈 하나만으로도 발할라 안에 흐르는 공기들을 일제히 들끓게 만들었다.

"완성됐다기보다는… 더 이상 기록되지 않는다는 말이겠지?"

"그렇습니다."

하이볼크의 작은 몸은 떨리고 있었다.

"음……."

오딘은 고기가 든 자루를 검은색의 늑대, 게리의 등에 얹은 뒤 하이볼크를 향해 몸을 숙였다.

그는 두 팔로 하이볼크를 껴안았다.

"무서웠겠구나."

하이볼크는 흰 수염과 거친 백발로 뒤덮인 오딘의 목을 껴안았다.

"무서운 일은 이제부터 일어나겠지요."

"음, 들어가자꾸나."

오딘은 하이볼크를 자신의 강인한 어깨에 앉힌 뒤 자신

의 의자가 있는 곳으로 향했다.

오딘이 어딜 가든 사용하는 강철의 의자, '흐리드스칼프'는 비록 겉모습이 투박할지라도 몇몇 소수의 존재들 외에는 그 정체를 알지 못하는 보물 중의 보물이었다.

하이볼크는 비밀을 아는 자들 가운데 한 명이었다. 그 현세대의 주신은 흐리드스칼프에 앉은 오딘이 자신보다 훨씬 더 명확한 통찰력을 가질 수 있음을 알고 있었다.

의자에 앉은 오딘은 자신의 맞은편에 하이볼크가 앉을 수 있는 작은 나무의자를 창조해 주었다.

의자에 앉은 하이볼크는 그 '방'의 공기를 들이마시며 주변을 봤다.

본래 999석의 상아색 의자들이 원을 그리며 주인들을 기다려야 할 그 방은 현재 텅 비었고 그 자리를 대신하는 것은 영겁의 세월이 남긴 흔적뿐이었다.

"이곳에 있으니 차분해지는군요. 무슨 마법을 쓰셨습니까?"

"너를 달래주는 것은 나의 마법이 아니라 너의 추억이란다."

오딘의 대답에 하이볼크는 쓸쓸히 웃었다.

"예전에 오딘님께서, 아니 아버님께서 말씀하셨습니다. 저의 역할은 아카식 레코드의 기록을 마무리 짓는 것이라고 하셨지요. 이제 그때가 됐습니다. 저는 이제 무엇을 하면 되는 것입니까?"

"미미르가 무엇을 할지는 나도 모른단다. 최악의 경우 네가 만든 세상의 멸망을 보게 되겠지."

오딘은 힘들게, 그리고 단호하게 말했다.

"걱정하지 마렴. 생각보다 괴롭진 않단다."

"아주 쉽게 말씀하시는군요."

"겪어봤으니까."

하이볼크는 농담조로 말한 오딘을 한 번 보고는 배시시 웃었다.

"그 표정, 하이엘바인과 닮았구나. 그 아이도 뭔가 복잡할 때면 그렇게 웃곤 했지."

"자매가 아닙니까."

"음, 나에게서 비롯된 자매지."

오딘의 코와 입에서 긴 한숨이 나왔다.

"사랑 대신 숙명을 주고 말았지만."

"……."

"힘든 일은 이제부터란다, 애야."

"알고 있습니다."

하이볼크가 눈을 다시 뜨고 오딘을 마주봤다.

"각오하고 있습니다."

"음, 나도 그때는 각오라는 것을 했었지."

오딘의 표정이 회한으로 젖어들었다.

"그러나 나를 이 싸움으로 끌어들인 존재는 내 상상을 초월하는 괴물이었지. 난 처음부터 미미르를 그냥 굉장한 존재라고만 여겼단다. 하지만 아스가르드와 위그드라실이 멸망하는 모습을 내 눈으로 직접 봤을 때는 각오고 뭐고 의미가 없어졌지. 난 그때 두려움에 지배당했고 지금도 두려워하고 있단다."

"아버님······."

오딘은 의자에서 일어나 손을 뻗어 하이볼크의 볼을 어루만졌다.

"아쉽구나. 내가 너를 이렇게 만지고 사랑해 줄 수 있는 시간이 지금뿐이라니 말이야."

"그래서 아버님이 밉습니다."

"미워서 피엘 플레포스를 그렇게 만들었느냐?"

하이볼크의 눈 밑에 놓인 오딘의 엄지 위를 따뜻한 물줄기가 타고 내려갔다.

"저도 하이엘바인을 얻고 싶었습니다. 그 아이와 같은 강력한 무기를 제 손으로 만들고 싶었단 말입니다!"

"무엇에 쓰려고?"

"두고 볼 수는 없지 않습니까?"

하이볼크는 눈을 질끈 감고 흐느꼈다.

"아버님께서 하이엘바인을 아끼시고 감추신 이유는 사랑이 아닙니다! 당신의 가장 뛰어난 무기를 적의 눈으로부터 숨기신 것뿐입니다!"

그 말에 오딘은 남은 오른쪽 눈을 감고 고개를 흔들었다.

"나의 비정함을 탓하고 싶다면 얼마든지 해도 좋다."

"그렇게 할 수는 없습니다."

하이볼크가 눈을 부릅떴다.

"그 아이는 제 동생입니다. 그 아이 혼자서 모든 것에 대적하고, 최후의 최후까지 세상을 짊어지게 하지는 않을 것입니다!"

그 순간 오딘의 뇌리에 떠오른 것은 갓 태어난 하이엘바인을 껴안고 행복해하는 하이볼크의 옛 모습이었다.

"그것은… 희생자를 하나 더 만드는 일에 불과하단다."

오딘은 아주 무거운 목소리로 충고했다.

"네가 만든 특이점, 피엘 플레포스는 우리와 마찬가지로 기억을 온전히 보존한 채 세상을 반복하여 살아가겠지. 그렇지 않고서는 훗날 하이엘바인과 함께 싸울 수 없을 테니까."

그의 목소리에 절실함이 섞였다.

"그러나 얘야. 피엘 플레포스의 근본은 우리와 같은 신이 아니라 일반 생명체란다. 아마 정신적으로 버틸 수 없을 것이야."

"......."

하이볼크는 소매로 눈물을 닦고는 아무 말도 하지 않았다.

"고집은 여전하구나."

오딘이 실소를 지었다.

"네 생각과 행동이 장래에 어떤 일로 이어질지는 모르겠구나. 행운으로 이어지기를 기원하마."

오딘은 다시 자신의 의자에 앉았다.

"자, 이제 시작하자꾸나. 오랜만에 미미르의 얼굴을 보게 되겠군."

의자의 팔걸이에 두 손을 걸친 오딘은 준비하라는 눈짓을 하이볼크에게 전했다.

소녀의 모습에서 회색 수염의 노인이 된 하이볼크는 자신의 덩치에 맞게 의자의 크기를 수정했다.

이윽고, 오딘의 오른쪽 눈에서 푸른색의 빛이 터졌다. 그 힘에 의해 발할라 안에 흐르는 시간이 정지했다.

그 정지된 시간 속에서 자유롭게 움직이는 존재는 오딘과 하이볼크뿐이었다.

두 노인의 옆에서, 공간의 틈새를 비집으며 어떤 존재가 걸어 나왔다. 퀭한 검은색 눈에 유령과도 같은 하얀 몸을 가진 자였다.

"미미르여, 오랜만에 그 모습을 보는군."

오딘이 그 말로 환영인사를 대신했다.

"아카식 레코드가 적당한 시점까지 채워졌더군. 계획은 잘 진행되고 있네."

미미르도 그렇게 인사를 대체했다.

"자네의 그 계획이라는 것을 자세히 들어본 일이 없어서 조금 답답하군."

"세상을 한 차례 멸망시킬 것이네."

미미르가 말을 휙 던졌다.

목소리, 분위기 등 모든 것이 가벼웠기에 오딘과 하이볼크의 각오까지 흔들어 버렸다.

하이볼크의 표정은 굳어졌다. 미미르가 그런 식으로 나올 것을 예상했던 오딘마저도 한숨을 쉬었다.

"나의 세계와 마찬가지로 말인가?"

"그렇지 않네. 이 세계의 아카식 레코드가 확보된 이상 완전히 멸망시킬 필요는 없네. 우리는 그저 이 경작지의 사령관인 사이악스의 흥미를 끄는 요소만 만들면 된다네."

"역시, 하이볼크의 피조물들이 소중히 영위한 영겁의 세월을 미끼로 삼겠다는 것이군."

미미르는 그 특유의 유령과도 같은 눈을 오딘에게 돌렸다.

"오딘이여, 현재 자네가 가진 능력이라면 내가 굳이 방법을 이야기해 주지 않아도 최선의 답을 내놓을 수 있을 것이야. 방금 그랬듯이 말이지."

"후후, 기쁘진 않군."

오딘의 미소는 쓰디썼다.

"오딘이여, 그리고 하이볼크여. 이제부터 바삐 움직여야 할 것이야. 이미 일은 시작됐으니까."

"시작됐다니, 무엇이 말인가?"

질문한 자는 하이볼크였다.

"멸망 말일세. 이제부터 자네들은 사상 최고의 연기를 해야 해. 자네들 스스로를 제외한 모든 참여자를 속여야만 하지."

"……."

"좋은 결과를 낼 수 있기를 기원하겠네."

미미르가 다시 공간의 틈새를 만들었다.

"아, 충고 하나 하지."

"충고?"

"이제 킹이라는 지위의 경작자와 싸울 텐데, 킹은 그야말로 절대불패라고 할 수 있지. 왜 그런지는 직접 경험해 보면 알 것이네. 그 비밀을 서둘러 파악하지 못하면 자네들의 세계가 완전히 날아가 버릴 테니 부디 지혜를 발휘해 보게."

"미미르여, 장난을 치는 건가?"

오딘이 의자에서 일어나 분노했다.

"대충 넘기지 말고 단서를 주게! 그 킹이라는 존재를 이길 수 있는 단서를 말일세!"

"프라임 사이악스가 그렇게 우습게 보이나? 킹 클래스가 너무 쉽게 당해 버리면 사이악스는 내가 개입했다는 것을 단번에 알아차릴 것이네. 그는 여태껏 방심해서 당한 일이 없거든."

오딘도, 하이볼크도 미미르의 말을 듣고 전에 없을 만큼 조급해졌다.

"그런 무책임한 말이 어디 있나? 혹시라도 그 킹 클래스에게 세상이 완전히 멸망한다면 자네의 계획도 물거품이 되지 않나?"

오딘이 따지자 미미르는 한심하다는 듯 고개를 저었다.

"그런 것을 알아서 해내라고 자네를 아우터 갓으로 만든 것이네. 아까 말했을 텐데? 자네의 능력이라면 현재 주어진 모든 것들을 동원하여 최고의 답을 낼 것이네. 능력만큼은 내가 보장하지."

"……."

"물론 어려운 일이라네. 모두 지금의 단계를 넘지 못하고 경작자들에게 박살 났으니까."

감정적인 충격이 오딘을 자극했다.

"모두라고? 이전에도 이런 미친 짓을 했단 말인가?"

"이번이 7,156,435번째 시도일세."

"……."

오딘은 격분한 나머지 입을 다물었다.

그러나 그 조용한 불꽃에 기름을 붓듯 미미르의 말은 계속되었다.

"쉬프터들은 아직까지 그 현상을 경작지에서 일정 확률로 일어나는 특이점 정도로 여기지. 매우 다행이야."

"다행이라고?"

오딘과 하이볼크 모두 신계를 찌를 듯이 분노했지만 미미르는 겁을 먹기는커녕 길에 솟은 돌부리 정도로 여겼다.

"아무튼 확률적으로 봤을 때 이제 성공할 때도 됐는데 말이지. 역시 경작자들은 쉽지 않은 존재야. 그럼 성공하면 다시 보세."

미미르가 그 자리에서 사라졌다.

오딘은 허탈하게 천장을 바라봤다. 하이볼크는 그런 오딘의 모습에 원망이 담긴 눈초리를 던졌다.

"후후, 한번 해보자 이거군. 좋아, 대가를 톡톡히 치르게 해주지."

오딘이 미소를 지으며 팔짱을 꼈다.

하이볼크는 그가 대체 무슨 생각을 하는지 궁금하여 물어보려 했으나 마침 검은색 털의 늑대인 게리가 방 안으로 다급히 뛰어 들어왔다.

"하이볼크님! 피엘 플레포스 비서관이 급한 전갈을 보냈습니다!"

"전갈?"

다음 순간 게리의 눈에서 분사된 빛에 안경을 쓴 주신계 천사, 피엘 플레포스의 모습이 비춰졌다.

"반란입니다, 하이볼크님! 리오 스나이퍼가 시간의 신전을 파괴했습니다!"

하이볼크는 다시 충격을 받았다. 반면 오딘은 투구를 벗고 머리를 만지며 마음을 진정시켰다.

'리오라고? 미미르 녀석, 아주 멍청하군. 일의 시작이 이런 식이라면 700만 번 넘게 실패하는 것이 당연하지 않은가?'

외부로부터의 어떤 침공이 아니라 내부 혼란의 경우, 그것도 중심이 되는 지점에서 일이 벌어진다면 아무리 신들의 세계라 하더라도 수습의 방향이 완전히 달라진다.

외부의 침공은 어렵게 생각할 것 없이 뭉치면 되지만 내부의 혼란은 책임이 누구에게 있느냐를 두고 싸우다가 조직 자체가 와해되는 경우가 허다하다.

특히 창조주가 네 명이나 있는 하이볼크의 신계는 더했다. 용족은 일단 제외하고, 주신계와 선신계 악신계 중에 하나만 남는다 하더라도 세상을 이끌어 나가는 것에는 사실상 문제가 없었다.

'너무 어려운 문제로군.'

오딘이 생각을 하는 한편, 하이볼크는 눈앞에 비친 피엘에게 소리를 질렀다.

"반란이라니, 무슨 말인가? 리오 스나이퍼가 시간의 신전을 왜 파괴했단 말인가?"

"오랫동안 말씀을 드릴 상황이 아닙니다!"

피엘의 목소리가 더욱 다급해졌다.

"리오 스나이퍼 이후에 악마왕의 사탄이 지크 스나이퍼와 함께 다시 기습해 왔습니다! 사탄과는 현재 교전 중입니다!"

"지크는, 지크 스나이퍼는 어찌 됐나?"

오딘은 하이볼크가 사탄에 대한 질문보다 지크에 대한 질문을 먼저 하자 매우 의아해했다.

'피엘 말고도 비상수단을 하나 더 만들어놨단 말인가?'

이어서 피엘이 대답했다.

"지크 스나이퍼는 파괴된 시간의 신전 안으로 도망쳤습니다! 아무래도 시간을 거슬러 이동하려는 것 같습니다!"

피엘은 단순히 시간을 거슬러 올라간다고만 알고 있었으나 사실은 그렇지 않았다.

'아카식 레코드의 개념을 알고 직접 접근하려는 건가? 만약 그렇다면 아카식 레코드의 존재를 어떻게 알았지?'

하이볼크가 당황한 가운데, 피엘이 한 번 더 소리쳤다.

"주신이시여, 사탄의 힘이 이상합니다! 지금까지 수집한 정보와는 그 격이 다릅니다! 이대로는 주신계 자체를 유지할 수가 없습니다! 어서 와주십시오!"

하이볼크는 오딘과 시선을 나눈 뒤 게리의 눈빛에 빨려 들어가듯 발할라에서 사라졌다.

오딘은 의자에 앉아 고민했다.

'어찌해야 하지? 내가 모든 계략을 꾸며야 하지 않는가?'

그는 자신이 알고 있는 것들, 그리고 무기가 될 만한 것들을 머릿속에 확 풀어놓은 뒤 인간과는 다른 방식으로 그것들을 정리해 보기로 했다.

이제는 없어진 999개의 의자가 오딘의 눈빛과 함께 지정된 자리에 나타났다.

그렇게 만들어진 의자에는 오딘이 앉았다. 그 옆에도, 그리고 그 다음 자리에도 오딘이 신음 소리를 내며 앉았다.

앞쪽과 뒤쪽에도 마찬가지였다.

999명의 오딘, 그리고 가운데에 앉은 오딘까지 합하여 1,000명의 오딘이 바야흐로 회의를 개최하려 하고 있었다.

"긴말은 않겠네. 하이볼크의 세상이 멸망하기 전까지 최고의 계획을 세워보세. 우리가 속여야 하는 대상인 사이악스가 어떤 존재인지, 속인 뒤에 우리가 무엇을 해야 하는지, 그리고 미미르의 머리통을 어떻게 부술 것인지 각자 의견을 말해보게."

중앙에 앉은 오딘의 그 말을 시작으로 1,000명의 오딘이 앞으로 일어날 수 있는 모든 가능성과 현재 사용할 수 있는 각종 요소, 그리고 프라임 사이악스라는 미지의 존재에 대한 의견을 1,000명분으로 확장된 의식의 영역 속에서 고속으로 주고받았다.

*   *   *

하이볼크가 주신계에 도착하자마자 목격한 것은 절반 이상이 초토화된 자기 구역의 모습이었다.

그 종말적인 현상의 중심에는 악마왕 사탄이 서 있었다.

그에 맞서고 있는 자는 피엘 한 명뿐이었고 다른 자들의 모습은 보이지 않았다. 옷에 묻은 핏자국 정도의 느낌으로 감지될 뿐이었다.

피엘도 형편없이 밀리고 있었다. 피엘은 하이볼크 외에는 알지 못하는 자신의 최대 능력을 발휘하여 사탄에게 도전하고 있었으나 그 검은색 장발의 악마왕은 모든 것을 무력화시켰다.

'사탄이 왜 저런 짓을……!'

하이볼크는 악신계의 수장인 아롤과 정신감응을 시도하려 했으나 응답은 물론 연결조차 되지 않았다. 그것은 선신계의 제홉도 마찬가지였다.

사탄과 피엘의 전투가 일으킨 재해는 주신계뿐만 아니라 신계 전체에 재앙을 일으켰다.

신계의 하늘은 중력의 이상으로 인해 발생한 검은색 구멍들로 인해 흉하게 변했다. 또한 땅은 진흙처럼 나약해졌다.

신계를 구성하는 모든 것들이 최소 단위부터 붕괴 중이라는 뜻이었다.

결국 하이볼크는 사탄을 구성하는 모든 물질을 무해한 것으로 바꾸기로 결심했다.

그러나 하이볼크의 의지에 따라 소금덩어리로 변해야 할 사탄은 아무런 피해도 입지 않았다. 오히려 피엘을 멀리 내

동댕이친 뒤 하이볼크 앞으로 이동했다.

정해진 법칙상 신계 내에서 최고의 속도를 가져야 할 하이볼크의 반사 능력이 사탄의 움직임을 따라가지 못했다.

"창조주와의 대결은 의외로 시시하지."

사탄은 미소를 띤 채 중얼거리며 하이볼크의 뺨을 후려쳤다.

형체가 흔들릴 만큼 큰 충격을 입은 하이볼크는 눈앞에 서 있는 사탄에게서 미지의 공포를 느꼈다.

사탄의 외모는 아름다웠다.

루시펠이라는 이름으로 선신계에서 깊은 총애를 받던 그가 어느 날 악신계에서 악마왕이 되었을 때, 신계의 모든 이들은 그가 그 이전에 타락하여 악마가 된 천사들처럼 흉악한 몰골이 되었을 거라고 생각했다.

그러나 이름만 바뀌었을 뿐, 사탄의 겉모습은 변함이 없었다. 그 일은 그 일대로 큰 화제가 되었다.

하이볼크와 대치 중인 지금도 외모의 변화는 없었지만 사탄 특유의 온화한 느낌은 없었다.

지금 그는 주신인 하이볼크를 가축 보듯 하고 있었다.

"이 경작지는 아무래도 말끔히 갈아엎어야 할 것 같군. 특이한 구조로 인해서 규모 이상으로 많은 수확량이 기대

됐는데, 프라임께서도 아쉬워하시겠어."

하이볼크는 상대가 어떤 존재인지 어렵지 않게 눈치챌 수 있었다.

"언제부터 사탄의 존재를 대신했나?"

"뭐라고? 이상하군. 내가 누구인지 아는 상태에서 리오 스나이퍼를 나에게 보낸 것이 아니었나?"

"질문은 내가 먼저 했다, 킹 클래스여."

하이볼크는 여기서 자신이 처신을 잘못하면 모든 게 끝장임을 알고 있었다.

"제법이군, 하이볼크."

검은색의 안개가 사탄의 발끝부터 올라와 몸 전체를 덮었다.

안개가 걷힌 후에 드러난 것은 하얀색 망토와 두건으로 몸을 덮고 붉은색의 민무늬 가면을 쓴 낯선 존재였다.

"그가 루시펠이라는 이름을 쓸 때부터였지. 더 이상 말해줄 것은 없군. 나는 나에게 주어진 임무를 계속하겠다, 하이볼크여."

킹 클래스의 몸에서 황색의 연기가 올라왔다. 특별한 자세를 취하지도, 주문을 외우지도 않았다. 단지 힘을 발휘할 뿐이었다.

하이볼크는 킹 클래스의 의식에 포착된 세계가, 행성들

이 모래성처럼 붕괴되는 것을 느꼈다. 그가 창조한 모든 것들의 소멸이 그의 머릿속에 하나도 빠짐없이 들어와 기록되었다.

"아카식 그래퍼… 아카식 레코드의 기록자. 창조주들 중에서도 매우 드문 재주꾼이지. 모든 것을 기록하는 능력을 지닌 만큼 현재 멸망하는 존재들의 모든 느낌마저 그대에게 빠짐없이 전달되겠군. 어떤가? 두 번 다시 느끼지 못할 신선한 자극일 거야."

하이볼크는 자신에게 쏟아지는 정보의 양을 버티지 못하고 결국 두 손으로 머리를 붙들었다.

'정보를 차단하고… 저자를 막아야 해! 이미 세상의 7할이 소멸됐다!'

아카식 그래퍼로서의 능력을 차단한 하이볼크는 자신이 만들어낼 수 있는 모든 파괴적 현상을 하나의 작은 구체 모양으로 집약시켰다.

그것은 세상을 다시금 창조시킬 수 있을 만큼 강력한 무기였으나 킹 클래스는 묵묵히 지켜보기만 했다.

"왜 뜸을 들이지? 무당처럼 춤을 추며 주변을 돌아다녀야 그것이 완성되나?"

"무엄한 녀석!"

하이볼크는 지체없이 자신의 손 위에 떠 있는 구체를 집어 던졌다.

　구체와 킹 클래스가 접촉하는 그 순간, 남아 있는 신계의 절반이 찰나에 증발했다.

　선신계와 악신계의 생존도, 신계와 일반 세계의 경계면까지도 모조리 포기한 최대 최강의 공격이었다.

　구체를 던진 하이볼크의 손이 파르르 떨렸다.

　"그런 말을 들어도 할 말은 없지. 경작지를 천천히 멸망시키지 말라는 충고를 프라임께 자주 들었으니까. 하지만 버릇이 되서 말이야."

　중얼거린 킹은 입고 있는 옷조차 구겨짐이 없이 멀쩡했다.

　절대불패.

　미미르가 던졌던 그 말이 하이볼크를 좌절시켰다.

　하이볼크는 아무 것도 없는 킹의 가면에서 시선을 느꼈다.

　"창조주의 소멸은 이 일의 마지막이라네, 하이볼크여. 신이 절망할 때 만들어내는 힘은 우리도 쉽게 맛볼 수 없는 진미거든."

　킹은 무력한 하이볼크의 모습을 보며 키득거렸다.

　"그런데 말일세, 혹시 나에게 뭔가 숨기는 게 있나? 내가 이 경작지를 박살 내기로 결심한 순간부터 지금까지 내 동포들과 연락이 안 되는군. 보고를 확실히 해야 프라임께 꾸중을 듣지 않는데 말이야."

그냥 서 있는 채로 하이볼크의 세상을 증발시키던 킹이 움직인 것은 조금 뒤의 일이었다.

갑자기 터진 공간의 균열에서 철회색의 대검이 나타났다. 검 끝에 걸린 속도는 하이볼크조차도 인식하기 힘들 만큼 빨랐지만 킹은 그림동화를 보듯 여유롭게 검을 감상했다.

'저항할 수 있는 자가 또 있었나?'

처음에 그는 몸으로 검을 받아내려 했다. 하이볼크가 무엇이든 찌르고 관통할 수 있는 강제 규칙을 탑재시킨 무기라 해도 킹에게는 닿자마자 와해되기 때문에 피할 필요가 없었다.

그러나 킹은 눌러쓴 두건의 표면이 관통되자마자 무기가 닿지 않을 장소로 급속히 이동했다.

"뭐지?"

킹이 다른 곳에 신경을 쓰면서 세상의 소멸도 멈췄다.

검과 함께 공간의 균열에서 나온 자는 오딘이었다. 그 늙은 신은 붉은색 가면의 이방인을 보자마자 빙긋 웃었다.

"자네가 바로 킹이로군."

"겁쟁이 오딘이 아닌가? 그렇군. 위험할 뻔했어."

킹의 두건에 난 구멍이 곧장 재생되었다.

"이곳에 왜 나타났지?"

"안경을 쓴 아가씨가 나를 애타게 부르더군."

오딘이 실실 웃었다. 킹은 가면의 이마 부위에 손을 대고 고개를 저었다.

"역시 자네는 아스가르드와 함께 제거했어야 마땅했어."

"허허, 아쉽겠군."

검의 섬광이 킹을 가로질렀다.

그러나 이번에는 킹이 아니라 오딘이 든 대검이 절반 이상 증발했다.

"으음……!"

오딘이 한 발 뒤로 물러나 검을 재생시키는 한편, 킹은 쓰고 있는 가면의 턱 부분을 만지며 즐거워했다.

"이번 일을 프라임께 말씀드리면 매우 흥미로워하시겠군. 엠프레스께서도 나를 무시하시지 않으시겠지. 좋아, 하이볼크는 내 방식대로 처리하기로 하고… 오딘이여, 잠시 나를 즐겁게 해주게나."

오딘의 왼쪽 어깻죽지가 조각칼에 파인 듯 날아갔다.

그 어떤 전조도 없이 그냥 일어난 일이라 오딘과 하이볼크는 자신들의 감각을 믿을 수가 없었다.

오딘은 급히 몸을 재생시켰으나 육체 곳곳이 깎이고 구멍이 뚫렸다.

방어체계를 완전히 무시하고 들어오는 공격이었기에 현재 오딘이 할 수 있는 일은 손상된 몸을 재생시키는 것뿐이었다.

"절대 이겨낼 수 없는 힘에 압도당하는 느낌이 어떤가? 오딘이여, 감상을 말해보게. 입은 건드리지 않을 테니까!"

오딘은 온몸이 속절없이 유린당하는 그 상황에서 왠지 모르게 웃음이 나왔다.

'그렇군. 절대 질 수가 없는 존재로군.'

뭔가를 깨달은 오딘이 왼쪽 눈을 막고 있는 자신의 안대를 옆으로 내던졌다.

아무 것도 없어야 할 오딘의 왼쪽 눈에서 붉은색의 빛이 터졌다.

킹이 심하게 당황했다.

"왼쪽 눈이 있다고?"

"아아, 그렇지!"

금속이 박살 나는 소리가 주신계의 폐허 위에 울려 퍼졌다.

가만히 서 있던 킹은 땅에 무릎을 꿇었다. 그 상태로 힘없이 옆으로 쓰러졌다. 붉은색 가면을 쓰고 있어야 할 킹의 머리가 어디에도 보이지 않았다.

 방금 전 뜯어낸 킹의 머리를 손에 쥔 오딘은 두 눈을 붉은색과 푸른색으로 각각 빛내며 숨을 골랐다.

 "너무 아쉬워하지 말게, 킹이여. 우리는 다시 만나게 될 테니까."

 곳곳에 금이 간 킹의 가면이 빨갛게 빛을 냈다.

 "네놈, 설마……!"

 오딘은 킹의 머리를 완전히 쥐어 으깼다.

 쓰러진 킹의 몸이 검은색 재로 변해 사라졌다. 오딘의 손가락 사이에서도 같은 것들이 흘러나왔다.

 "절대불패라. 흠, 그렇군. 정말 다 박살 날 뻔했군."

 "미미르가 좋아하는 모습이 눈에 선하오."

 하이볼크가 쓸쓸히 그에게 다가왔다.

* * *

 피엘은 우두커니 선 채 안경을 만지고 있었다.

 그녀가 바라보고 있는 것은 폐허였다.

 '신계'였었다고는 도저히 생각할 수 없는 파괴의 흔적이 그녀의 마음을 어지럽히고 있었다.

"완전히 부서졌군."

곁에 서 있던 오딘이 얼굴을 잔뜩 찡그리며 중얼거렸다.

"단 한 명에게 이렇게 되리라고는 정말 예상도 못했어. 자네가 날 부르지 않았다면 전멸이었겠지."

"예, 킹 클래스. 정말 강력했지요."

피엘이 말했다.

오딘은 그녀의 모습을 흥미롭게 봤다.

"호오, 주신계의 9할이 박살 나는 꼴을 봤는데도 제정신을 유지하고 있다니, 과연 보통이 아니군. 역시 주신계의 비밀을 가장 많이 알고 있는 존재다워."

오딘이 힘차게 웃었다.

"이제 어쩔 생각인가?"

오딘은 어떤 건물의 폐허 위에 팔짱을 낀 채 앉아 있는 하이볼크를 불렀다.

그가, 현 신계의 지배자인 하이볼크가 자신의 창조주이자 옛 신계의 지배자였던 오딘을 응시했다.

"무슨 대답을 원하시오, 오딘이시여."

"인정하라 이거지."

오딘이 짓고 있는 미소의 성질이 푸근함에서 독함으로 변했다.

"태초에 경고했지? 이것이 자네가 나와 하이엘바인을 역사의 뒤편에 묻어버리려 했던 대가야. 나를 대신해서 자네의 버르장머리를 고쳐줄 자가 나타나다니, 솔직히 좀 기쁘군."

하이볼크는 어이가 없었다.

[이 상황에서 있지도 않은 일을 말씀하시는 이유가 무엇입니까?]

하이볼크가 피엘이 알아차리지 못하도록 정신감응으로 다급히 묻자 오딘이 눈짓을 보냈다.

[연극이야, 연극. 미미르조차도 속여야만 하네.]

[아버님!]

[날 믿으려무나. 제발.]

하이볼크는 억울함 속에 침묵을 지켰다.

오딘의 두뇌는 그 와중에도 팽팽 돌아가고 있었다.

"이제 약 한 시간 뒤면 쉬프터들이 킹의 일을 알아차리고 이곳에 들이닥치겠지. 그들을 교란할 수 있는 한계 시간이 대략 세 시간 정도라니, 꼴사납기 그지없군."

"알았으니 대답하시오. 도와줄 것이오?"

하이볼크가 물었다.

"물론이지. 이제 진정한 전투가 시작된 것이야."

오딘이 당당하게 팔짱을 꼈다.

"어떤 시점으로 모든 것을 되돌리는 것은 아주 어렵지만 불가능하지 않아. 하지만 크로파논은 되살릴 수 없네. 되살려 봤자 의미도 없거든. 이유는……."

"알고 있소. 크로파논의 일은 내가 알아서 하겠소."

하이볼크는 아무 미련 없이 대답했다.

어차피 둘은 사랑하던 사이도 아니었다. 그는 창세 무렵에 미미르의 조언에 따라 시간의 규칙을 다스릴 존재를 창조했고 곧바로 배우자로 삼았다.

그뿐이었다. 둘 사이에서 나온 자식은 한 명도 없었다.

"그보다 더 확실히 해결해야 할 것들이 있네."

오딘이 잠시 끊겼던 이야기를 이어나갔다.

"이미 시간의 흐름을 타버린 지크 녀석을 어떻게든 붙잡아야 하네. 중심핵과 관련된 통로와 그에 대한 비밀을 지키는 것이 문제야."

"그에 대한 해결책은 세워놨소."

하이볼크가 대답했다.

"지크는 중심핵의 과거 대신 제홉이 메타트론의 부활을 위해서 제작했던 위장용 공간으로 가도록 해놨소."

"제홉이 정말 기뻐했겠군."

"결정은 빠르더이다. 메타트론이고 뭐고 따질 문제가 아니라는 것을 모를 만큼 어리석은 자는 아니지 않소?"

"이보게. 단순히 지크를 속이는 것으로 끝낼 문제가 아닐세."

오딘의 인상이 험악해졌다.

"분명 지크 녀석은 과거를 바꾼답시고 시간의 흐름을 있는 대로 들쑤시고 다닐 것이네. 그렇게 만들어진 균열들은 결국 쉬프터들이 중심핵으로 도달하게 되는 훌륭한 통로가 될 게야."

"괜찮소. 지크를 잡자마자 그 공간을 소멸시키면 길은 다시 막힐 것이오."

"흠, 머리가 조금은 돌아가는군."

오딘이 빈정대며 웃었다. 반면 피엘은 듣지 말아야 할 것을 들은 얼굴로 하이볼크를 의식했다.

하이볼크가 말했다.

"대신 해결사를 하나 더 키워주시오."

"하나 더? 누구를 말인가?"

"우리가 쉬프터들을 교란시킬 수 있는 한계 시간은 세 시간이오. 그 시간 내에 지크를 잡을 수 있는 자가 필요하오."

그의 주문을 들은 오딘은 수염을 만졌다.

"그렇다면 리오를 하나 더 키워야겠군. 지크 녀석과 가장 인과 관계가 깊은 녀석일 뿐만 아니라 여태껏 지크가 넘어보지 못한 벽이니 심리적인 부담도 줄 수 있을 거야."

그에 대한 계획을 아주 빠르게 정리한 오딘은 폐허를 뒤로한 채 고개를 끄덕거렸다.

"그럼 어느 정도 수준으로 키워주면 되겠나?"

"내가 제홉, 아롤과 약속한 '규격의 한계'를 무시해도 상관없소."

"으음, 그 정도는 되어야 시간에 따른 힘의 균형을 좁힐 수 있겠지."

"또한 임무를 과도하게 집중시켜 성격과 경험까지 조작할 것이오. 그렇게 하면 제홉과 아롤도 눈치를 채지는 못할 것이오."

"임무까지 몰아서 준다고? 그럼 여러 가지 의미로 무서운 놈이 될 텐데?"

오딘의 지적에 하이볼크는 끄덕거리며 인정했다.

"알고 있소. 그 규격 외의 존재는 장기적으로 봤을 때 이번에 쉬프터에게 지배당한 리오 스나이퍼 정도와도 비교할 수 없는, 진정한 반란의 씨앗이 될 것이오."

"알면서 왜?"

"지크만 잡으면 해당 세계와 함께 소멸시킬 것이니 문제는 없을 것이오."

"흠."

오딘은 과연 그렇게 깔끔하게 되겠냐는 표정으로 하이볼크를 지켜봤다.

'왠지 엉뚱한 일로 번질 것 같은데……?'

그는 고민했지만 딱히 답이 나오는 것도 아니었다.

"좋아. 가능할지 모르지만 킹 클래스까지 잡을 수 있는 녀석으로 만들어보겠네."

하이볼크가 꿈틀 움직였다.

"강조하지만 놈의 존재 목적은 지크 스나이퍼를 잡는 것, 단 하나뿐이오. 쉬프터의 상대는 오리지널들을 재활용하는 것으로 할 테니 그렇게 알아주시오."

"아직도 정신을 못 차렸군."

"……."

옛 주신과 현재의 주신 사이에 감정이 들끓었다.

"마음대로 하시오."

결국 하이볼크는 그렇게 말함으로써 오딘과의 충돌을 피했다.

* * *

그날, 오딘은 발할라 안에 있는 술들을 모조리 꺼내 질릴 때까지 마셨다.

하이볼크는 과거로 도망친 지크 스나이퍼를 붙잡는 데 성공했다.

그러나 그 대가는 비록 위장용 공간이라 할지라도 셀 수 없이 많은 존재들이 살아가던 세계의 소멸이었다.

"아카식 레코드를 이용해서 그 세상을 과거인 것처럼 꾸미고, 그 안에서 리오 한 명을 제외하고는 똑같은 일을 겪게 만들었지! 그리고 지크 녀석을 잡았어. 이야, 신나겠군! 너무 똑똑해, 하이볼크!"

주정뱅이처럼 소리를 지르긴 했으나 오딘의 정신은 멀쩡했다.

"피엘 플레포스는 그 세계에서 똑같은 역사를 반복했지. 앞으로도 겪게 되겠지만 말이야."

꽉 차 있던 술통 하나를 단숨에 비워버린 오딘은 술통을 옆으로 내던진 뒤 탁자에 두 다리를 올리고 팔을 아래로 축 늘어뜨렸다.

"아리스토너고 뭐고, 그 아가씨는 정말 중요한 순간에 일을 그르칠 거야. 마음이 박살 났으니까! 차라리 기억이라도 지우든지! 대체 무슨 생각이지? 내가 필사적으로 짠 계책이 무슨 빵이나 과자로 보이나? 망치면 다시 만들라 이건가? 어처구니가 없군!"

천장을 보며 씩씩대던 오딘은 이내 표정을 풀고 눈을 감앉다.

"난 사이악스라는 녀석의 시간까지 되돌려 버렸어. 실제 크기가 120만 광년이 넘는 괴수를 속였다고! 게다가 그놈이 존재하는 영역은 진짜 우주야! 뒤틀어 버릴 시간대의 차원이 다르지! 그런데 난 해냈어!"

그가 눈을 번쩍 뜨고 소리치자 그를 받쳐주던 나무의자가 박살 나고 말았다.

바닥에 누워 버린 오딘은 킹 클래스의 등장 이후 하이볼크가 지금까지 한 행동들을 떠올려 봤다.

그는 세상 하나를 가볍게 소멸시켜 버렸다. 그 무엇과도 비교할 수 없는 대가를 치르고 붙잡은 지크 스나이퍼를 지금은 감금이라는 명목하에 보호하고 있었다.

"그래도 그 세계의 리오 녀석을 소멸시킨 것은 잘한 일일지도 몰라. 타고난 재능이 '집념'인 녀석이었으니 만약 살려서 데려왔으면 뒤끝이 엄청났겠지. 무슨 수를 써서라도 하이볼크를 죽였을 거야."

오딘은 오른손으로 자신의 얼굴을 덮었다.

"하이볼크가 그토록 조급해진 건 누구 탓일까? 그 아이의 자존심을 완전히 뭉개버린 킹 클래스? 쉬프터와 사냥꾼들이 우주에 득실거린다는 현실?"

그의 질문에 대답해 줄 수 있는 자는 곁에 없었다. 그는 술을 마시기로 작정한 순간부터 그 장소의 모든 것을 침범불가의 영역으로 만들었다.

자문자답이었고, 오딘은 정답을 애초부터 알고 있었다.

"내 탓이지."

곧이어 오딘이 실성한 사람처럼 웃었다.

"하하, 그러고 보니 하이엘바인도 멍청하잖아? 일부러 멍청하게끔 만들었으니까! 하하하하!"

방을 울리던 그의 웃음소리에서 서서히 힘이 빠졌다.

"다 망해 버리라지."

그는 이를 악물었다.

미미르, 그리고 프라임 사이악스. 상대가 그렇게 압도적인 존재인 줄 알았다면 오딘은 절망에 빠진 채 시작조차 하지 않았을 것이다.

사이악스는 실제로 만난 적은 없었지만 그의 부하라는 킹 클래스만 하더라도 절대불패와 관련된 수수께끼를 깨닫기 전까지는 그 어떤 수단도 무용지물이었다.

미미르는 지금까지 관찰한 결과 어떤 별개의 존재가 아닐 가능성이 높았다.

오딘은 미미르가 왔다는 하얀색의 우주 그 자체가 미미르라는 의식을 앞세워 자신에게 접촉한 것 말고는 다른 생각을 할 수가 없었다.

'이길 수 있는 싸움이 아니야. 행여 이긴다 하더라도 남는 게 없어. 미미르를 도와서 그가 이긴다면 이 검은색의 우주 전체가 수축되어 파멸하겠지. 어둠의 경작자, 쉬프터들이 이기도록 내버려 두면 미미르는 또 다른 누군가를 꼬드겨서 이 악몽을 반복할 것이야.'

가혹한 절망감이 오딘의 육체를 짓눌렀다.

인간이 잠에 빠지듯 그가 의식을 놓고 있을 무렵, 황색의 빛이 오딘의 영역 안으로 자연스럽게 들어왔다.

"음… 손님인가?"

오딘은 자신의 방어체계를 무시하고 들어온 존재를 확인하기 위해 일어나서 눈을 뜨려 했다.

그러나 몸이 움직이지 않았다.

미미르에 의해 '죽음'이라는 것을 경험할 때처럼 의식만이 살아 있는 상태였다.

그때의 불쾌감을 기억하고 있는 오딘은 미미르가 다시 왔나 했지만 그의 곁에 나타난 황색의 빛은 미미르의 느낌과 달랐다.

순진함과 호기심이 위험하다 싶을 정도로 넘쳐흘렀다.

"어린 아우터 갓, 오딘이여. 당신은 정말 운이 없는 존재로군요. 오히려 내가 당신에게 미안함을 느낄 정도네요."

대답을 할 수 있는 상황이 아니었던 오딘은 그 젊은 여성의 목소리가 누구의 것인지 너무나 궁금했다.

"난 이 아이의 소원에 흥미를 느꼈고 결국 들어주기로 했지요. 재미있을 것 같군요. 진심으로 인연이 닿는 자는 당신뿐이니 부디 이 아이를 잘 관리해 주십시오."

자기 할 말을 마친 황색의 빛은 오딘의 곁에서 사라졌다.

그와 동시에 자신을 제어할 수 있게 된 오딘은 그 빛이 있던 곳을 봤다.

지크가 붙잡힌 뒤에 소멸됐다고 전해 들은 '그 리오'가 회색의 망토 대신 검은색의 가죽재킷을 입은 채 바닥에 쓰러져 있었다.

오딘은 실성한 듯 시선을 그 붉은 장발의 남자에게 고정한 채 고개를 설레설레 저었다.

"네 생각을 이해할 수 없구나."

그는 아직 의식을 찾지 못한 리오를 향해 중얼거렸다.

"왜 하필 그 모습이란 말이냐?"

그러나 오딘은 눈앞에 나타난 리오가 의식을 되찾고 자신을 알아봤을 때 똑같은 질문을 하지 못했다.

오딘은 그 예기지 못한 사태에 놀라움과 슬픔을 느꼈다. 한편으로는 좌절했던 자신을 다그쳤다.

'그래, 즐겨보자. 교활함과 야비함의 오명을 내 손으로

나에게 바르자꾸나.'

 그는 승리할 것을 맹세했고, 동시에 얼마 남지 않은 자손과 동지들에게 품고 있었던 애정을 완전히 버렸다.

 아우터 갓으로서의 오딘이 완전히 눈을 뜬 순간이었다.

CHAPTER 90
짐승들의 이야기

모닥불 위에 꿰인 채 익어가는 들짐승의 고기는 사실 낭만과는 거리가 멀었다.
 정성과 시간을 들여 손질을 하지 않으면 구울 때 기묘한 냄새는 물론이고 차마 눈뜨고 볼 수 없는 모습을 보여주기도 한다.
 대표적인 것이 바로 기생충이었다.
 짐승의 근육 안에 숨어 있던 기생충들이 열을 견디지 못하고 하얗게 기어 나오는 모습은 익숙지 않은 자들에겐 상쾌한 충격을 줄 수 있다.

생애의 대부분을 자연에서 보낸 인공의 신, 카샤는 기생충에 매우 익숙했다.

물론 익숙하다는 말이 좋아한다는 뜻과 같은 것은 아니지만, 어쨌거나 그녀는 그 모든 것들을 대자연의 일부로서 당연하게 여기고 있었다.

그런데 그녀의 눈앞에서 구워지고 있는 고기는 매우 부자연스러웠다.

고기 속에 있어야 할 기생충들은 숨어 있던 흔적만 남기고 있을 뿐, 어디에도 존재하지 않았다. 또한 노린내도 나지 않았다.

"뭘 그렇게 찾아?"

고기를 굽던 중인 리오가 작은 소녀의 모습을 한 카샤에게 물었다.

"기생충과 노린내라네."

그녀의 짧은 대답은 리오의 표정에 잠시 혐오감을 남겼다.

"별미로 즐기는 편이야?"

"심술궂은 사내로고."

카샤가 양쪽 볼에 숨을 잔뜩 넣었다. 리오는 부푼 그녀의 얼굴을 보고 키르히가 왜 그녀를 원숭이라고 묘사했는지 확실히 이해할 수 있었다.

"당연히 발생해야 할 것들이 보이지 않아서 그런 것뿐일세."

붕대로 왼쪽 눈을 다시 가린 상태인 리오는 그 말을 듣고 씩 웃었다.

"고기의 기생충과 노린내 제거는 천사나 악마들을 쳐 잡는 것보다 쉽지."

"잘 와 닿지 않는군."

"응, 설명하기도 피곤하네."

"……."

"그냥 그러려니 해."

리오는 자유로운 왼손으로 작은 돌멩이 하나를 집어 밤이 가져온 어둠의 저편을 향해 던졌다.

살아 있는 생물의 신체 일부가 깨지는 소리가 들렸다. 뒤이어 두 발로 걷는 생물들의 다급한 발소리가 우렁차게 들렸다.

누군가가 자신들의 야영지를 향해 접근하고 있었음을 전혀 몰랐던 카샤는 융단 삼아 깔고 누워 있던 리오의 망토에서 벌떡 일어났다.

"뭔가? 무슨 일인가?"

카샤는 밤에도 밝은 눈을 이용하여 사방을 살폈다.

리오가 던진 돌에 머리가 반쯤 날아간 오크 한 명과 동료의 시체마저 버리고 도망치는 다른 오크들의 모습이 뚜렷이 보였다.

"저들은 밤낮을 못 가릴 만큼 흉포한 종족인가 보군."

"그래도 경고를 이해할 지능 정도는 있는 녀석들이라 괜찮아. 비교적 죽이기도 쉽고."

설명을 들은 카샤는 슬그머니 자리에 앉았다.

"자네의 인생이 전부 담긴 설명이로세."

"후후."

낮은 웃음소리를 내며 오크의 시체를 마법으로 소각시킨 리오는 다시 고기를 굽는 것에 열중했다.

"마법으로 고기를 구우면 되지 않겠나?"

카샤가 궁금하여 질문했다.

지금까지 만나고 헤어졌던 수많은 일행에게 같은 질문을 반복해서 들었던 리오였지만 그는 짜증 대신 미소를 유지한 채 어깨를 으쓱거렸다.

"그러면 이상하게 맛이 없더라고. 불은 역시 잘 처리된 장작에 붙어 올라오는 게 최고지."

"호오."

카샤가 진득한 미소를 지었다.

"사내치고 불과 요리를 잘 이해하는 자로다. 하지만 우리 고향에서는 아쉬운 소리를 들었을 것이야."

"아쉬운 소리?"

"그곳은 남자가 부엌칼만 들어도 뭐가 떨어진다며 난리를 친다네."

어린아이의 모습을 한 카샤가 그런 말을 하자 리오의 표정이 상당히 이상해졌다.

"떨어진다는 게 뭔지 알고 말하는 건 아니겠지?"

"응?"

카샤가 고개를 왼쪽으로 기울였다.

"내장……?"

리오는 그럴 줄 알았다는 듯 말없이 끄덕거렸다.

"거기까지만 알아서 매우 다행이군."

다 구워진 고기를 카샤가 신나게 먹는 한편, 리오는 앞에서 먹는 그 소녀의 모습을 보고 잠시 생각해 봤다.

'저 꼬마는 왜 이 아카식 레코드 속에서 존재할 수 있는 걸까?'

뜬금없이 카샤와 동행하게 되어버린 리오는 그녀를 대상으로 수많은 실험을 해봤다.

자연환경은 물론 인간을 비롯한 모든 생물이 그녀의 모든 요소들을 인식하고 정상적인 상호작용을 일으켰다.

리오가 인식하는 그녀의 모습과 세상이 인식하는 그녀의 모습에는 오차가 없었다. 체중, 체온, 체취 모두 일치했고

짐승들의 이야기

호흡에 따른 주변 대기성분의 변화까지 아주 정상적이었다.

그는 자신이 먹을 고기를 직접 다듬고 가공한 나무 꼬챙이에 꿰었다.

'꼬마와 함께 이곳에 남겨진 이후로는 내가 아카식 레코드에 잠식되는 일이 없어졌지. 편하긴 한데……'

그는 고기를 살살 씹으며 카샤를 바라봤다.

'그 편함에 젖어서 이렇게 시간을 허비해도 괜찮은 건가?'

고기에 정신이 팔려 있던 카샤가 문득 리오와 눈을 마주했다.

"원래 눈이 불편했나?"

"이거?"

리오는 눈을 덮은 붕대의 위쪽을 손끝으로 꾹 눌렀다.

검지가 눈구멍 안으로 푹 들어가자 카샤의 표정이 제대로 구겨졌다.

"일부러 이렇게 했지. 이 아카식 레코드 내에서 쉽게 재생되지 않는 흔적이 필요했거든. 이게 아니었으면 가끔이나마 의식을 회복할 수가 없었을 거야."

"그래도 눈을 그 지경으로 만들다니, 아프지 않은가? 싸울 때도 지장이 있을 것 같은데?"

"통증은 줄을 끊는 것처럼 얼마든지 차단할 수 있어. 진통제가 필요없지."

리오는 설명을 하면서 꼬챙이에 꿰인 고기를 불꽃 위에 굴렸다.

"보는 것에 방해를 받거나 아예 빛이 없는 곳에서 싸우는 것도 익숙하지. 난 머리카락 등으로 초음파를 내서 박쥐처럼 주변 사물을 인식할 수도 있거든."

"오, 박쥐에게 그런 능력이 있단 말인가?"

카샤의 감탄에 꼬챙이를 움직이던 리오의 손이 잠깐 멈췄다.

'먹는 것을 밝히는 바보들과 자주 만나는 것도 이젠 질리는군.'

리오는 기분을 풀기 위해 한숨을 쉬었다.

"음, 어쨌거나 만능은 아니야. 초음파로 적을 탐지하는 것은 역탐지의 가능성이 굉장히 클 뿐더러 초음파 이상의 속도를 가진 공격에 전혀 대비할 수 없거든. 그래서 지금은 다른 걸 쓰지."

"다른 것?"

"냄새를 시작으로 공기의 밀도, 풍속의 차이, 비정상적인 공기의 흐름 소리, 자기장의 변화, 적이나 각종 구조물들의 그림자가 지면에 만드는 온도의 차이, 빛의 반사 수준 등

등… 모든 감각을 동원하면 눈에 손상을 입어도 문제없이 싸울 수 있지."

카샤는 의외로 그의 대답을 쉽게 이해했다.

"자네는 정말로 인간과 동떨어진 존재로군."

"뭐, 인간들이 처리 못할 일들을 처리할 수 있도록 만들어진 존재니까."

"호오, 그런가? 무엇을 위해서?"

"글쎄?"

리오는 입을 반쯤 벌린 채 말에 뜸을 들였다.

"뭘 위해서일까?"

그렇게 답을 한 리오는 불꽃 위의 고기들을 지그시 바라봤다.

"잘 모르겠네. 잊어버린 것 같기도 하고."

그가 슬슬 웃으며 말을 덧붙였다.

괜한 것을 물었다는 생각이 들었는지 카샤는 얼른 대화의 방향을 바꾸려 했다.

"음, 아무튼 그렇게 감각이 좋으면 사방이 너무 시끌벅적하지 않겠나? 벌레들이 더듬이를 움직이는 소리까지 들릴 텐데?"

"잘 조절하면서 살고 있으니 걱정하지 마."

대화가 잠시 끊긴 사이에 고기는 계속 익어갔다.

"우리가 처음 만났을 때 말인데……."

리오가 다시 이야기를 시작하자 카샤가 엉큼하게 웃었다.

"오, 첫눈에 본좌에게 반했나?"

"전혀."

리오는 씩 웃었다.

"아무튼 지금과는 모습이지 않았어? 머리부터 발끝까지 말이야."

"아, 그것은 천요(天妖)의 모습이라고 하지. 해석하자면 하늘의 요괴라는 뜻이란다. 예쁘지 않았나?"

"음……."

리오가 여태까지 만난 여성들 가운데에서 미모의 수준으로 따지자면 '귀여운 여성'의 범주에서만 봤을 때 나름대로 상위권이었다.

"괜찮았던 것 같군."

리오가 밋밋한 어투로 성의없이 대답하자 카샤의 얼굴이 실망감으로 물들었다.

"자네는 본좌의 여성미에 대해 흥미가 없는 것 같군."

리오가 시큼한 표정을 지었다.

"하루는 너보다 훨씬 예쁘고 몸매도 마치 만든 것처럼 완벽한 젊은 여자가 내 앞에서 모든 옷을 벗고는 침대에 눕는 모습을 봤지. 그녀는 나를 유혹하기까지 했어. 그땐 기분이 좋았던 것 같아."

카샤는 역시 속물이라며 그를 비난했다.

"후후, 역시나?"

"음… 한층 더 죽이기 쉬워졌으니까."

"……."

"도마 위에 올라온 생선이 옷을 입고 있으면 매우 불쾌하겠지. 후후, 그런 거야."

리오의 붉은 눈썹이 위아래로 움직여서 그렇지 않느냐는 질문을 대신했다.

"본능보다는 목적이 우선하게 됐다는 뜻이군."

"누가 됐든 인연이 그리 길진 않았거든. 다양한 장소에서 다양한 일을 처리해야 했지. 같은 장소에 돌아가면 이미 수십 년, 혹은 수백 년이 흘러서 친구였던 자와 인사조차 나눌 수 없었어. 지금이야 아쉬움조차도 못 느끼지만……."

카샤는 그러한 이야기를 아무렇지도 않게 내뱉고는 그냥 고기 굽는 것에 집중하는 리오의 행동에서 방금 전 그가 '무엇을 위해서'라는 질문에 제대로 대답하지 못했던 이유를 약간이나마 이해할 수 있었다.

"그보다, 천요의 모습은 생각보다 더 강력해 보였는데 굳이 그 작은 모습을 유지하는 이유가 뭐지? 체력 소모 문제라도 있나?"

리오가 다시 질문했다.

"천요의 모습에는 큰 약점이 있네."

"약점?"

"천요의 모습은 본좌가 품고 있는 불의 기운을 좀 더 확실히 사용할 수 있게끔 해준다네. 그래서 대치되는 현상에 매우 약하지."

"약점 말이로군."

"그렇다네. 그건 바로……."

카샤는 얘기를 하려다가 장난기가 올라와 입을 다물었다.

"자네가 한 번 맞춰보게. 경험 많은 자네라면 본좌의 약점 정도는 쉽게 파악할 수 있겠지. 호호호."

"음……."

리오는 지금 당장 카샤를 죽일 수 있는 방법을 50가지 이상 떠올릴 수 있었다. 그녀가 주장하는 강점이라는 것은 그에게 있어서 그만큼 의미가 없었다.

"대치되는 현상이라면 순수한 빗물이겠지."

"어……?"

그가 단숨에 맞추자 카샤는 상당히 당황했다.

"어찌 알았나?"

짐승들의 이야기 97

"네가 발휘하는 불의 기운은 마법 등을 이용해서 만들어 내는 불보다는 저 모닥불처럼 자연적인 불에 가깝더군. 그래, 정령들의 불과 스펙트럼이 비슷했지."

"스펙… 뭐라고?"

"그런 게 있어."

리오의 어깨가 위아래로 꿈틀했다.

"어쨌든 그러한 불꽃은 정확히 대치되는 자연현상, 즉 비에 약할 거야. 수단은 비 말고도 많지. 눈을 맞혀도 되고, 우박을 맞혀도 되고, 구름 안에 집어넣고 3분 정도를 기다려도 될 것 같군. 이슬은 어떨까?"

"그런 잔인한 행위들을 본좌 앞에서 늘어놓다니! 비인도적이도다!"

카샤가 흥분하여 벌떡 일어났다. 리오가 말한 모든 것들은 그녀의 입장에서 봤을 때 고문과도 같은 일들이었다.

"맞춰보라며?"

리오는 자기 자신에게 상을 주듯 마침 알맞게 구워진 고기를 자신의 입안에 넣었다.

"약점이 그러면 곤란하긴 하겠네. 하지만 신의 약점 치고는 너무 좀 그런 거 아닌가?"

리오의 말에 카샤는 피식 웃었다.

"본좌는 고향에 있어야만 그 위대한 힘들을 모두 발휘할 수 있지."

"그래?"

"그렇다네. 신기하지?"

"……."

리오는 정말 비효율적이라는 말로 그녀를 지적하려다가 꾹 참았다.

"그럼 어찌됐든 간에 여기서 나가야겠군."

"응."

카샤는 짧게 답하고 고개를 끄덕거렸다.

"내가 밖에서 키르히 펙터를 도와줬다고 이야기했던가?"

리오가 묻자 카샤는 연거푸 고개를 움직였다.

"자네가 키르히의 선생이라고 들었네."

"난 녀석의 손으로 직접 너와 네 세상을 구할 수 있도록 할 생각이었지. 바꿔 말하면 키르히보고 알아서 하라는 뜻이었지만."

"이젠 자네가 그런 식으로 말하는 것이 아주 자연스럽게 느껴지는군."

"후후."

리오가 낮게 웃었다.

"날이 밝으면 어떻게 여기서 나갈지 고민해 보자고."

"지금부터 할 생각은 없나?"

"내 맘이지."

"참으로 느긋한 자로다! 본좌는 불안해서 미치겠단 말이다!"

그러면서 카샤는 고기를 꾸역꾸역 먹었다.

"이건 느낌인데, 나는 몰라도 너는 여기서 내보낼 수 있을 것 같아."

카샤가 먹는 것을 멈췄다.

"무슨 말인가?"

질문한 그녀는 여태껏 흐릿했던 리오의 남은 한쪽 눈동자가 소년의 것처럼 초롱초롱해지는 모습을 보고 소름이 돋았다.

"네가 곁에 있는 것만으로도 나에 대한 이 세계의 간섭이 사라졌어. 그건 대단한 일이야. 규정된 섭리의 개입을 방해하는 짓이거든. 내가 이 세상을 관리하는 자라면 너를 우선순위로 제거할 거야. 하지만 그런 일은 아직까지 없었지. 그렇다면 너에게는 이곳을 나갈 수 있는 희망이 있어."

"그럼 자네는?"

"난 나가봤자 똑같아. 그러니 네 자신에게나 신경 써."

마음씨 약한 카샤에게는 리오의 그 말이 그냥 먹먹하게만 들렸다. 그러나 따지지는 못했다.

상대는 의식을 유지하기 위해 한쪽 눈을 스스로 망가뜨

리는 자였다. 필사적인 저항이 몸과 마음에 익숙해진 나머지 스스로 인식조차 못하는 자에게 카샤가 할 수 있는 말은 거의 없었다.

"자네, 가끔 바보라는 말을 듣지 않나?"

리오는 사람이 진지한 이야기를 한 이 와중에 무슨 소리를 하냐는 듯이 그녀를 노려봤다.

"됐으니 잠이나 자."

"흠, 도무지 그 생각을 모르겠군."

카샤는 깔고 있는 리오의 망토를 이리저리 펼쳐 덮었다. 그녀가 문제없이 잠을 잘 수 있을까 고민했던 리오는 조금 뒤에 들여오는 그녀의 귀여운 코골이에 한 번 씩 웃고 말았다.

"아카식 레코드를 가지고 다른 장난을 치지 않았으면 좋겠군. 예를 들어 하이볼크의 세계에서 일어난 일이긴 한데 내가 모르는 일이라든지 말이지. 그런데 차라리 사냥꾼들을 내보내서 나를 계속 묵사발로 만드는 게 낫지 않나?"

리오는 이해할 수 없다는 투로 중얼거렸다.

* * *

"그냥 시간이나 끌라고 했지 않나? 앞에 얘기한 것도 기억하지 못하다니, 저 유기질 덩어리는 머리가 나쁘군."

순백의 세상에서, 리오를 아카식 레코드의 영역 안에 가둔 장본인이자 관찰자인 '미미르'는 분노를 금치 못했다.

"그렇다면 좀 더 흥미있게 시간을 끌 수 있도록 해주마."

미미르의 손가락 사이에 끼워진 둥근 철판이 오묘한 빛과 소리를 내며 회전했다.

"이 정도면 적당하겠어."

아카식 레코드의 회전이 멈췄다.

"이건 너희가 태어나기 전에 존재했던 하이볼크 세계의 역사야. 불완전하게 끝나긴 했지만 네가 그 불완전함을 정리시켜주면 되겠군. 이 정도라면 실제 시간을 이틀 정도는 더 지연시킬 수 있겠지. 그럼 열심히 해봐라, 리오 스나이퍼."

* * *

자고 있던 리오가 움찔했다.

잘 만들어진 창과 훌륭한 형태로 만들어진 갑옷 차림의 짐승들, 아니 수인들이 자신과 카샤를 향해 창날을 들이밀고 있었다.

"대단한 배짱을 가진 자로군. 이 '럼퍼룬'에서 수인족 노예를 데리고 노숙을 하다니, 제정신인가?"

인간의 몸 위에 갈색 곰의 머리를 얹은 것처럼 생긴 수인이 창으로 리오의 허벅지 위쪽을 쿡쿡 찌르며 말했다.

상처가 날 정도로 세게 찌른 것은 아니지만 짜증나게 만들기에는 충분했다.

그보다 리오는 머리가 아팠다. 자신을 이 세계에 가둔 그 유령 같은 존재가 방금 꾼 꿈에 나타났기 때문이다.

'아카식 레코드에 오류로 남아버린 일을 내가 정리해 주면 카샤를 이 영역의 밖으로 돌려보내 주겠다고?'

리오는 아직도 곤히 자고 있는 카샤를 한 번 봤다.

'놈이 왜 갑자기 거짓말을 하는 거지? 조건을 걸어도 그딴 조건을 거는 이유가 뭐야?'

고민하던 그는 수인 병사들의 창날에 둘러싸인 채 고개를 들었다.

"어이, 카샤에 대한 일을 맹세하겠다면 이 도시에 당장 비를 뿌려봐."

리오는 자신을 지켜보고 있을 그 '존재'에게 말했다.

수인들은 깜짝 놀랐다. 그가 자신들의 언어를 유창하게 하는 것도 부족하여 하늘을 향해 맹세니 어쩌니 하는 이상한 말을 해서였다.

리오에게 집중된 수인들의 머리에 굵은 빗방울이 떨어

졌다.
 강우 시간은 극히 짧았지만 카샤를 깨우고 수인들의 적대감을 누그러뜨리기에는 충분했다.
 "어떻게 된 건가, 리오!"
 카샤가 리오의 한쪽 다리에 철썩 붙었다.
 리오는 한 손으로 자신의 망토를 털고 정돈하며 피식 웃었다.
 "하늘이 주신 기회라고나 할까?"
 "하늘?"
 카샤의 머리를 만져 안심시켜 준 그는 자신을 바라보고 있는 수인들 중 한 명을 눈으로 지적했다.
 "이 도시에서 가장 대단한 사람을 만나서 그 사람을 좀 돕고 싶은데, 안내해 주겠나?"
 "네, 네가 무슨 수로? 기후를 조정하여 비를 내리게 하는 마법사는 얼마든지 있다!"
 리오는 상대가 제법 똑똑한 소리를 하며 자신에 대한 경계를 늦추지 않자 복장을 포함한 그의 모든 것을 살펴봤다.
 '단순한 수비병이 아니라 제법 괜찮은 훈련을 받은 근위병이군.'
 그것 역시 리오에게는 좋은 기회였다.
 '디바이너를 안 보이게끔 숨긴 것도 다행이야. 그럼 얘기

를 시작해 볼까?'

리오가 일던 헛기침을 했다.

"그럼 묻겠는데, 내와 내 친구가 여기에 어떻게 나타났지?"

"하늘에서 뚝 떨어졌네만?"

"그럼 됐잖아?"

"……."

근위병들이 귓속말로 긴급회의를 해봤다.

"그럼 자네의 친구는 우리가 맡지, 이 럼퍼룬에서 인간과 수인이 함께 다니는 모습은 외교행사 때를 제외하고는 큰일이라네."

"알았으니 어서 가보자고."

회색의 망토를 몸에 걸친 리오는 모자로도 사용할 수 있도록 뒤로 늘어진 망토의 목 부분을 잡아 올려 얼굴을 감췄다.

병사들이 둘을 왕궁과는 조금 다른 방향으로 그들을 인도했다.

* * *

마라카스 제국의 황제, 레온은 제국 수도인 럼퍼룬에 돌아온 뒤 잠을 잘 때 외엔 줄곧 도서관에 있었다. 황궁에 책을 가져가서 읽는 것은 꺼리는 성격이라서 도서관 관리인들은 여간 불편한 게 아니었다.

마라카스 제국 도서관에는 수인들이 쓴 책 외에 인간들의 세계에서 수입된 책도 무진장 있었다.

과거에 도서관의 품격을 높이기 위한다면서 마구잡이로 수입을 한 것인데, 그중에는 인간들의 세계에서도 보기 힘든 희귀한 책도 존재했다.

이른바 고서(古書)라는 것인데, 몇몇은 인간과 수인들이 쓰는 언어 외에 다른 언어로 쓰인 것들도 있었다.

그것을 문제없이 읽어 내려가는 레온의 능력은 초대황제라는 진짜 정체만으로는 설명하기 힘든 불가사의한 것이었다.

그날도 레온은 책을 읽고 자료를 찾는 데 여념이 없었다. 아침부터 지금까지 열한 잔째의 차를 마시는 순간 밖에서 문을 두드리는 소리가 났다.

"전하, 손님이 오셨습니다."

"누구지?"

대답을 기다리는 레온의 귀에 비명이 들렸다.

"아, 마마! 아직 전하께서 허락을……!"

그리고 문이 열렸다.

"인사 좀 드리러 왔습니다, 황태자 전하."

무례하기 짝이 없는 손님은 여성이었다. 그것도 레온과 같은 황금사자 황족의 여성이었다. 레온의 것과는 좀 다른, 윤기가 흐르는 갈색의 머리를 돌돌 말아 내린 그녀는 도도한 얼굴로 팔짱을 끼며 서재 안으로 들어왔다.

"어제도 황궁에 들지 않으셨더군요, 황태자 전하."

"아아, 그랬지. 그렇게 하지 않으면 네가 이렇게 바깥공기를 쐴 일이 없어지지 않겠느냐, 라이셀릭?"

"오늘도 멋지게 말을 돌리시는군요. 전하."

그녀의 눈썹이 파르르 떨렸다. 그녀의 이름은 라이셀릭 라이온하트. 마라카스 제국 제2황녀로서 레온의 여동생이다. 실제로는 먼 후손이겠지만 현 황제와 리카온, 그리고 동료들 외엔 그의 정체를 아는 자가 없기 때문에 레온은 그녀를 동생으로 대해주고 있었다.

그녀가 양손으로 책상을 내려쳤다.

"자신의 입장을 생각해 보십시오, 전하! 전하는 장차 제국을 이끄실 분입니다! 제국의 젊은이들이 나라를 지키기 위해 피를 흘리고 있는데, 어째서 전하께서는 이렇게 책만 보십니까! 그것도 1년 가까이!"

"후후, 망나니 황태자가 가서 뭘 할 수 있겠느냐? 이렇게 책과 시간을 보내는 것이 오히려 병사들에겐 도움이 될 거다."

"그렇지 않습니다! 소녀는 아직도 기억합니다. 2년 전, 오라버니께서 황제폐하를 시해하려 한 인간들을 모조리 쳐 없애시는 것을! 그때 소녀는 전하의 진정한 모습을 봤습니다! 이후 대장군께서도 전하께 충성을 맹세하셨지요! 전하와 같은 분께서 전쟁을 지휘하셔야만 합니다! 그래야 우리 제국이 승리할 수 있습니다!"

"흠."

한숨을 쉰 레온은 책을 덮고 안경을 벗었다.

"라이셀릭, 전쟁은 혼자 싸움을 잘한다고 해서 끝낼 수 있는 게 아니란다. 그람로니언과의 전쟁은 더욱 그렇지. 넌 이 전쟁이 언제부터 시작된 것으로 알고 있지?"

라이셀릭의 눈썹이 또다시 떨렸다.

"이젠 저를 바보 취급하시는군요, 전하! 400년 전이 아닙니까!"

레온은 부드럽게 고개를 저었다.

"이 전쟁은 네가 생각하는 것보다 훨씬 더 오래전부터 시작된 거야. 그때의 일이 마무리되지 않는 한 전쟁은 영원히 끝나지 않아."

"예? 전하께서 그걸 어떻게……?"

"나도 정확히 모르니까 이렇게 책을 보는 것이 아니냐.

걱정 말고 돌아가거라. 아, 나온 김에 산책을 더 하는 것도 좋겠군. 적당히 햇볕을 쬐어야 머릿결도 사는 법이니까."

"하아."

깊은 한숨을 쉰 라이셀릭은 결국 다시 일어났다. 자세와 옷매무새, 그리고 표정을 가다듬은 그녀는 레온에게 가볍게 묵례를 했다.

"그럼 가보겠습니다, 황태자 전하. 소녀, 전하의 깊은 뜻을 이해하지 못한 소녀를 용서해 주십……."

"레온!"

순간 누군가가 문을 부수듯이 열며 안으로 들어왔다.

그것은 호랑이 머리의 수인이었다. 덩치는 단지 들어온 것만으로도 레온이 사용하는 방을 꽉 채울 만큼 컸지만 행동은 전혀 어른스럽지 못했다.

무려 이 나라의 황녀인 라이셀릭을 밀치며 책상 앞을 점령한 그 호랑이 머리의 수인, 칼은 고래고래 소리를 질렀다.

"레온, 딩고를 찾아낼 수 있을 것 같아! 도와줘!"

"딩고를?"

"그래! 마스카가 알아낸 건데, 에텔라이저를 든 검은 옷의 인간이 그람로니언들을 베면서 남쪽으로 내려오고 있대! 분명 딩고일 거야! 확실하다고!"

"아, 그 일 말인가? 방금 아침에 다른 부하들에게 보고받았지."

레온이 빙긋 웃었다. 빗질을 깔끔히 한 레온의 황금색 갈기가 옷 위에서 부드럽게 물결쳤다.

"칼, 네 말대로 그는 딩고가 맞을 거야. 하지만 도와달라니, 누구를? 딩고를 말인가?"

"바로 이 몸이지, 누군 누구야! 딩고 녀석, 정말 인간의 모습을 한 채 이쪽으로 오고 있다면 제국군에게 공격받을 수도 있다고! 내가 가서 찾아야 해!"

칼의 폭풍과도 같은 기세에 레온은 실소를 지었다.

"이보게, 칼. 내가 확인한 딩고의 위치가 확실하다면 그는 목숨을 부지하는 것도 힘든 상황이야. 그람로니언들의 군대를 대표하는 정예부대가 주변에 깔려 있지. 네가 친구들을 찾겠다며 발악을 하다가 집중공격을 받으니 딩고 혼자 이곳에 올 수 있도록 기도하는 수밖에 없어."

"그렇다고 가만히 있을 순 없잖아!"

칼이 고래고래 소리쳤다.

레온위 방이 보이는 복도 한구석에 근위병들과 함께 서 있던 리오는 의식을 유지하듯 자신의 왼쪽 눈을 가린 안대를 손으로 꾹꾹 눌렀다.

"딩고가 대체 누구요?"

그가 묻자 병사들이 눈짓을 주고받으며 고민하다가 검은색 곰의 얼굴을 한 남자가 말했다.

"공간이동의 마법을 사용하여 넘을 수 없는 바다를 지나 이곳에 온 딩고 슈케르라는 자요. 레온 라이온하트 폐하와 함께 조금 복잡한 여행을 했으며 1년 전에 행방불명됐소."

"공간이동의 마법?"

리오는 눈을 감은 채 이 세계에서 발동된 적이 있는 공간이동 마법 가운데 가장 특이한 것을 찾아봤다.

'가장 진보적인 형태의 공간이동 마법을 골라봤는데… 너무 구식이군. 여긴 아무래도 지크 녀석이 가즈나이트 놀이를 하기 전의 시대 같은데?'

방 안에서는 칼이라는 이름의 호랑이 수인의 목소리가 쩌렁쩌렁 울려 창의 유리들을 흔들었다.

"그렇다고 가만히 있을 순 없잖아! 뭔가 하게 해줘! 1년 동안 기다려 왔단 말이야! 카라카의 형편없는 그림을 보는 것도 이젠 질렸다고!"

"음? 난 꽤 잘 그린 그림이라고 생각하는데?"

레온이 의아한 표정을 지었다.

"아무튼!"

"흠……."

턱을 만지며 고민한 레온은 잠시 후 의견을 내놨다.

"그럼 군에 들어가 보는 건 어떤가?"

"군?"

"그래. 마침 제1군단이 며칠 뒤에 국경지대 최전선으로 출발하지. 대장군, 구스타프 블라드노프가 지휘하는 만큼 배울 것도 많을 거야. 딩고도 찾고 대장군 수업도 받고, 멋지지 않나?"

가만히 머리를 굴려보던 칼은 조금 뒤로 물러나는 기색을 보였다.

"그래도 군에 직접 들어가는 건 좀 그렇지 않을까?"

"어떤 면에서?"

자존심상 차마 힘들 것 같다는 말을 꺼내지 못한 칼은 최대한 말을 돌리기로 했다.

"음… 그게… 난 아직 군대 경험도 없고 그렇잖아. 게다가 난 일개 족장이라 말단 병사로 들어가기도 어렵다고."

"걱정하지 마. 블라드노프 장군은 신분을 따지지 않는 사람이니까. 그리고 장군에겐 내가 특별히 말을 해놓지. 장군의 밑에서 살아남기만 하면 너에겐 아주 좋은 경험이 될 거야."

"오오, 그래! 알았어!"

멋지게 속은 칼은 기세등등하게 웃었다.

"좋아, 그럼 집에 돌아가. 가급적 빨리."

"응? 왜? 밥이라도 좀 사주지."

슬쩍 웃은 레온은 턱으로 칼의 왼편을 가리켰다.

"그녀가 정신을 차리면 난리가 날걸?"

조심스레 왼쪽을 돌아본 칼의 얼굴은 금세 하얗게 탈색됐다. 라이셀릭이 기절한 채 바닥에 쓰러져 있었기 때문이다.

"그, 그럼 뒷일을 부탁해."

칼은 고개를 끄덕이는 레온을 뒤로하고 쏜살같이 사라졌다. 눈썹을 으쓱한 레온은 다시 안경을 쓰고 책을 폈다.

"밖에 누구 있나?"

"예, 전하."

밖에 있다가 들어온 수행원은 기절한 라이셀릭을 보고 깜짝 놀랐다.

"저, 전하? 이 무슨 망극한……?"

레온은 책에 시선을 둔 채 말했다.

"아무리 여름이라도 맨바닥에서 자면 얼굴에 좋지 않네. 라이셀릭을 좀 부탁하네."

"알겠습니다! 궁녀들! 궁녀들은 어디 있나!"

밖에서 난리가 났음에도 불구하고 레온의 독서에는 흔들림이 없었다.

근위병들과 함께 상황을 살펴보던 리오는 무릎으로 자신

의 앞을 가로막고 있는 근위병의 허벅지를 쳤다.

"윽?"

깜짝 놀라 리오를 본 근위병은 대놓고 짜증을 내고 있는 상대의 모습에 어이가 없었다.

"아, 아무리 자네가 대단한 능력의 소유자라고 해도 절차가 있는 법일세! 지금 황녀께서 큰 부상을 입으신 것 같으니 잠시 참게! 아니, 차라리 내일 오는 것이 현명하겠군!"

"음……."

리오는 어디까지 능력을 사용해야 할지 계산해 봤다.

'마음 같아서는 다 날려 버리고 싶지만 그래서는 안 되겠지. 카샤도 있으니 얌전히 행동해 볼까?'

리오는 지금 입고 있는 브리간트 기어의 팔뚝 보호구에서 이곳에 올라오기 전에 훔친 단검을 꺼냈다.

수행원들이 궁녀들을 불러 방에 진입하려는 찰나, 실로 굉장한 비명이 도서관을 쩌렁쩌렁 울렸다.

보통 비명이 아니라 판단한 레온은 검을 들고 방을 나왔다.

리오를 붙잡은 여덟 명의 근위병 중 일곱 명이 눈을 뒤집은 채 여기저기 쓰러져 있었다. 그리고 남은 한 명인 곰 머리의 수인이 양쪽 볼을 단검으로 관통당한 채 인질로 잡혀 있었다.

 그를 인질로 잡은 리오는 붙잡힌 인질을 질질 끌고 가면서 레온을 봤다.
 "당신이 이 나라의 황제인가?"
 리오가 묻자 레온은 들고 있던 검을 바닥에 꽂으며 두 손을 머리 위로 올렸다.
 "내가 바로 레온 라이온하트다. 인간이 럼퍼룬의 도서관에서 인질을 잡은 것은 역사상 처음 있는 일 같군."
 레온은 말로 시간을 끌면서 리오의 주변을 살폈다.
 특별히 보이는 거라고는 수인처럼 생긴 듯하면서도 인간에 가까운 소녀인 카샤뿐이었다.
 "이름을 말하라, 이방인이여."
 "리오라고 해, 리오 스나이퍼."
 "뭔가 의미가 있는 이름은 아니군. 귀족 같진 않은데?"
 "그래서 귀족답지 않은 일을 하고 있지."
 그가 수인의 볼에 꽂은 단검을 살짝 움직였다. 칼날이 혀 위에 닿아서인지 수인은 공포에 또다시 비명을 지르려 했지만 황제의 앞이었기에 신음마저 참아냈다.
 "원하는 게 뭔가, 리오 스나이퍼여? 인간들이 사는 나라로의 탈출인가? 아니면 돈?"
 "그런 건 됐고, 곤란한 일이 있으면 말해봐. 내가 소원을 들어주지."

리오는 인질에게서 단검을 뽑고는 그 단검을 손가락 두 개 사이에 놓고 힘을 가했다.

단검이 휘어 접혀 버리자 레온도 흠칫했다.

"힘이 아주 대단하군."

"할 수 있는 일 중에 하나야."

리오는 접어버린 단검을 레온에게 던져주었다. 그 단검을 잡은 레온은 단검에 아무런 조작도 가해지지 않은 것을 확인하고는 싱긋 웃었다.

"인간이여, 왜 우리를 도와주려 하는가?"

리오는 국자로 뭔가를 뜨듯 오른손으로 카샤의 둔부를 받치고 자신의 오른쪽 어깨 위에 올렸다.

"그래야 이 꼬마를 집으로 돌려보내줄 수 있거든."

"호오."

레온이 싸늘하게 웃었다.

"저격수가 자네를 노리는 방향을 미리 읽고 그 아이를 그 곳에 둔 건 아니겠지?"

"흠, 석궁."

리오는 모든 것이 검은색으로 칠해진 석궁을 왼손에 들고 흔들었다.

레온은 지정된 위치에서 저격수가 들고 있어야 할 석궁

이 그 남자의 손에 있자 당황했다.

"이걸로는 날 죽일 수 없어."

자신의 말을 증명하듯 리오는 석궁을 자신의 관자놀이에 댄 뒤 바로 방아쇠를 당겼다.

보이지 않는 힘에 저항을 받은 화살이 바짝 굽혀진 채 천장으로 튕겨져 나갔다.

"지금쯤이면 나에게 말해야 할 소원이 떠올랐을 텐데?"

"마치 악마와의 계약 같군."

"조건은 없으니 안심해."

"흠."

레온이 진심으로 웃었다.

"이보게."

그가 수행원을 불렀다. 족제비 모습의 그 수행원은 안경을 거듭 고쳐 쓰며 레온에게 다가와 허리를 굽혔다.

"예, 폐하."

"방을 빨리 정리해 주게. 손님께 잘 보여야 할 것 같군."

"알겠습니다, 폐하."

수행원이 동료들과 함께 즉각 움직였다.

그들이 분주히 움직이는 사이, 레온이 리오에게 다가와 넌지시 물었다.

짐승들의 이야기 117

"혹시 에텔라이저라는 물건에 대해 아시오?"

"글쎄?"

리오는 대충 대답했지만 실제로 그는 에텔라이저에 대해서 알고 있었다.

'아리스톤 합금의 비밀이 누설되어 만들어진 물건이잖아? 끝까지 회수를 하지 못했다고 들었지만… 아무튼 흥미롭군.'

리오는 레온이 할 이야기를 진지하게 들어보기로 했다.

*   *   *

남쪽으로, 또 남쪽으로.

딩고 슈케르의 여행은 아직 끝이 보이지 않았다.

벌써 3개월이나 걸어왔지만 공기는 여전히 차가웠다. 그래도 희망적인 것은 친구 삼아 끼고 걷는 강의 얼음이 점점 얇아지고 있다는 사실이었다.

딩고의 어깨와 목, 그리고 입가를 덮어주는 붉은색의 머플러는 여전히 깨끗했다. 하루가 멀다 하고 눈과 비를 맞았지만 딩고는 해가 뜰 때마다 세탁을 하고 바람에 말리는 등 관리를 정성스레 했다.

육체가 아닌 에텔라이저를 영혼의 껍질로 사용하는 탓

에 딩고는 배고픔이나 피로를 느끼지 못했다. 그가 입고 있는 옷과 신발 모두 에텔라이저의 일부이기 때문에 특별히 세탁할 필요도 없었다. 흙먼지가 묻으면 그 부분만 진동이 가해져 깨끗하게 변해 버린다. 기적 같은 편리함이었다.

에텔라이저라는 것은 보통 무기를 뜻하는 말이지만 실제로는 주인이 원한다면 정밀한 기계를 제외하면 그 어떤 모양도 만들 수가 있다.

그 안에는 인형(人形), 즉 인간의 모습도 존재했다.

딩고가 불만을 가지는 것은 자신의 외모였다. 리엘이 수인의 신체구조에 대한 지식이 없어 인간의 모습을 만들었다는 것까지는 알겠는데, 왜 지금처럼 근육량이 적은 육체를 만들어줬는지 이해가 되지 않았다. 가끔 인간들을 도와주면 미소년 내지는 미청년이 나타났다며 인간 여성들이 달라붙는 것도 고역이었다.

어느 날 딩고가 자신의 외모에 대해 진지하게 묻자 리엘은 최대한 솔직하게 대답해 주었다.

"제 취향입니다."

딩고는 왠지 바보 취급을 당한 것 같아 불쾌했지만 그 이상 추궁하진 않았다.

높은 언덕의 정상에 다다른 딩고는 옆쪽 바위에 그대로

걸터앉았다. 밑으로 보이는 녹색 평원과 벽처럼 늘어선 하얀 산맥의 경관이 정말 볼 만해서였다.

"산이 많아서 그런지 이곳 대부분은 경치가 좋네. 이런 높은 산맥과 깔끔한 평야는 정말 처음이야."

"관광 분위기를 내시는 것은 좋습니다만 현재 주인님은 관광을 당하고 계십니다. 그것을 잊지 마십시오."

"……"

검은머리를 긁적인 딩고는 다시 일어났다.

"아무튼 요즘은 좀 여유있네. 사흘 전까지 계속 '그람로니언' 들에게 시달려서 정신이 없었는데 말이야."

"그에 대해서 말씀드릴 것이 있습니다."

"응? 뭔데?"

"저의 계산이 옳다면 주인님께서는 지금도 그람로니언에게 쫓겨 다니셔야 합니다. 그들은 주인님을 추적할 수 있기 때문입니다. 하지만 요 며칠간 그람로니언의 공격이 없는 것으로 봐서 아무래도 그들의 관심거리가 다른 곳에 쏠린 것으로 보입니다."

"다른 곳이라……. 나보다 더 대단한 문젯거리가 있단 말이겠지?"

"그렇습니다."

"무슨 일인지는 모르겠지만 우리로선 잘됐네. 그럼 이 틈에 빨리 가자."

바위에서 가볍게 뛰어내린 딩고는 어깨 옆으로 흘러내린 머플러를 다시 뒤로 넘기며 길을 재촉했다.

노을이 꺼질 무렵, 갈림길에 도착한 딩고는 고개를 갸웃거리며 고민했다.

"어디로 가지?"

"한쪽은 평원의 대로로 연결되어 있고 다른 한쪽은 숲으로 연결되어 있습니다. 숲을 가로질러 가는 것이 더 빠릅니다."

"그래? 위험하진 않을까?"

"저 숲은 맹수들이 가득하기로 유명합니다. 하지만 그람로니언 중장보병 부대보다는 덜 무섭겠지요."

"으응."

딩고는 고개를 끄덕이며 숲으로 향했다.

숲은 상당히 빽빽했다. 사람이 지나기 위한 길이 있긴 했지만 잡초가 아무런 방해도 받지 않고 길게 자란 모습은 얼마나 오랫동안 이 길이 버려졌는지를 말해주었다.

길을 걷는 도중 딩고는 과일들을 몇 개 따서 품에 넣었다. 리엘은 의아한 목소리로 물었다.

"에너지가 부족하십니까?"

"아니, 그냥 단 게 먹고 싶어서. 오랫동안 음식다운 음식을 못 먹었잖아."

이후 한참을 걷던 딩고는 갑자기 걷던 것을 멈추고 주위를 둘러봤다.

"이상하네? 너무 조용해. 맹수가 많은 숲이라면서 맹수의 발걸음 소리는커녕 울음소리도 들리지 않아. 심지어는 벌레 소리도. 뭔가 있나?"

"현재까지 특이점은 발견되지 않았습니다. 그람로니언들의 기척이나 흔적은 없습니다."

"그래도 이건 비정상이야. 숲속의 모든 동물이 한순간에 죽어버린 느낌이라고."

갑자기 후드득하는 소리가 숲 저편에서 들렸다. 딩고의 코와 귀가 동시에 움찔했다. 수인일 때의 버릇이었다.

"비다."

이윽고 그의 몸 위로 대량의 물이 쏟아졌다. 비는 비였지만 물을 쏟아붓는 것에 가까운 소나기성 폭우였다.

"이것 때문에 동물들이 조용했던 걸까?"

말을 마친 딩고는 입안으로 들어오는 물을 뱉었다. 인간이라면 숨쉬기조차 불가능할 정도의 폭우였다.

"현재로서는 그쪽에 무게를 두는 것이 좋을 것 같습니다."

"어쩌지? 아무래도 비를 좀 피하는 게 나을 것 같은데?

앞이 보이질 않아."

"근처에 동굴 지형이 있습니다. 그쪽으로 안내하겠습니다."

등의 칼집에서 벗어난 리엘은 붉은 빛을 강하게 뿜으며 숲 저편으로 날았다. 딩고는 빛을 따라 빗속을 달렸다.

리엘이 안내한 곳은 사람이 겨우 들어갈 만한 작은 동굴이었다. 그리 깊지도 않았고 누군가가 얼마 전까지 신세를 졌는지 동굴 바닥엔 마른풀들이 잔뜩 깔려 있었다.

"환경이 지나치게 좋은데? 이 정도면 여관 급이야."

딩고는 풀을 집어 냄새를 맡았다. 동물이 쓴 것인지, 아니면 또 다른 생물이 쓴 것인지 확인하기 위해서였다.

"어, 희한하네?"

칼집으로 돌아온 리엘이 반짝거렸다.

"냄새로 구분하실 수 있습니까?"

"응. 동물이랑 인간이랑 수인은 냄새가 달라. 동물은 숲과 분뇨의 냄새가 살아 있고 수인은 숲의 냄새만 살아 있지. 하지만 인간에게선 자연과 관련된 냄새가 전혀 나지 않아. 죽은 냄새만 날 뿐이야."

"그럼 동물의 냄새가 아니면 누구의 냄새입니까?"

"하나는 인간의 냄새지만 나머지 하나는 모르겠어. 이런 냄새는 처음이야. 분명 죽은 풀의 냄새를 맡고 있는데 살아 있는 풀의 냄새가 나고 있어. 혹시 아는 바 있어?"

"모르겠습니다. 저에게는 존재하지 않는 지식입니다."

"그래?"

한숨을 쉰 딩고는 품에 넣어뒀던 과일들을 옆으로 모두 꺼내놓은 뒤 하나를 입에 물었다.

"신경 쓰지 마. 내 코가 좀 잘못됐을 수도 있겠지."

"에텔라이저의 가상육체 기능은 완벽합니다."

"하하, 여부가 있겠습니까."

오래간만에 단 것을 먹어서인지 딩고는 밝게 웃었다.

리엘이 딩고와 같이 지내게 된 후 가장 놀란 것은 그의 낙천적인 성격이었다. 그토록 찾아 헤매던 쿠넬이 실은 아르자발이며 이번 일을 꾸민 원흉이라는 사실을 알게 됐을 뿐더러 육체를 잃고 친구들과 떨어져 버렸는데도 그는 좌절하거나 비정상적인 정신 상태를 보이지도 않았다. 오히려 아르자발과의 결전 직전보다 더 안정적인 모습을 보였다.

지금은 동굴 밖으로 쏟아지는 빗방울들을 가만히 감상하고 있었다. 비록 모습은 인간이었지만 자연을 향한 그의 하늘색 눈동자만은 변함없이 잔잔하게 반짝거렸다.

"주인님은 걱정이 없으십니까?"

리엘의 인간적인 질문에 딩고가 웬일이냐는 듯 눈을 휘

둥그레 떴다.
 "응? 걱정? 당연히 많지. 카라카랑 친구들도 보고 싶고, 아주머니도 보고 싶고, 몸도 되찾고 싶고."
 그는 과일 하나를 더 집어 한입 베어 물었다.
 "근데 지금 고민해서 될 일이 아니잖아. 당장은 해결할 수 없어. 하지만 나중에, 언젠가는 분명 해결할 수 있을 거야. 예전엔 쿠넬이 어디 있는지, 또 어디서 어떻게 찾아야 할지 막막해서 혼란스러웠지만 지금은 아냐. 목표는 확실해. 그리고 혼자도 아니잖아. 리엘도 있고."
 빙긋 웃는 딩고의 얼굴은 소년처럼 맑고 투명했다. 그의 여유 때문인지 딱딱했던 리엘의 말투도 조금 부드러워졌다.
 "주인님께서는 당신의 첫 에텔라이저인 크리실 델파미스 여사를 어떻게 생각하십니까?"
 "좋은 분이라 생각하고 있어. 크리실 아주머니께서 에텔라이저가 되신 이후엔 그분과 더 가까워지고 싶다는 마음이 계속 들었지. 말하긴 좀 부끄럽지만 소유하고 싶다는 생각까지 들었어. 그런데 지금은 또 아니야. 그때 내가 왜 그랬는지 참……. 생각만 해도 부끄러워."
 "그것에는 이유가 있습니다."
 "이유?"

"에텔라이저와 계약자 사이에는 특별한 인과관계가 만들어집니다. 첫눈에 반한 남녀처럼 서로를 격렬히 갈망하게 되지요. 몸과 마음, 모두가 그렇게 됩니다."

"그래? 어째서?"

"그것은 발슈타인의 농간입니다."

"농간이라고?"

딩고는 과일을 다 씹지 않고 그대로 삼켰다.

"아니, 왜? 꼭 그렇게까지 해야 되는 이유가 있어?"

칼집에서 튀어나온 리엘은 인간의 모습으로 변했다. 백색의 두툼한 법복(法服)을 입은 연분홍색 머리의 소녀가 엄중한 눈으로 땅을 밟았다.

딩고의 옆에 앉은 그녀는 자신의 작은 왼손을 딩고의 오른손에 겹쳐 놓았다. 적극적인 스킨십에 놀란 딩고는 크게 당황했다.

리엘은 머리를 도리도리 흔들었다.

"오해는 하지 마십시오. 저와 주인님은 하나의 에텔라이저를 두 개로 나눠 사용하고 있기 때문에 오랫동안 떨어져 있으면 곤란합니다."

"아, 그렇구나."

딩고는 고개를 돌렸지만 발그레 달아오른 얼굴은 감추지 못했다.

그녀가 말했다.

"발슈타인의 에텔라이저는 가공할 만한 에너지의 응집체라고 할 수 있습니다. 그 에너지가 최고조에 달하기 위해서는 에텔라이저와 계약자 간에 흐르는 감정이 격해져야만 합니다. 그리고 에텔라이저는 그러한 상황을 유도합니다. 간단히 말씀드리자면 최면에 가깝습니다."

"최면? 그래서 내가 아주머니께 그런 마음을 품었던 거야?"

"그렇습니다. 인간과 수인 사이에 감정이 쌓이고 피어오르는 것은 발슈타인이 가장 좋아하는 흥밋거리입니다. 발슈타인은 계약자들이 현실적으로 불가능한 사랑에 괴로워하는 모습을 즐깁니다. 그가 원하는 것은 오직 그것일 뿐, 다른 것은 없습니다."

"그럼 나와 리엘도 그렇게 되는 거야?"

"저는 변형된 에텔라이저입니다. 발슈타인의 손에서는 400년 전에 벗어났습니다."

이야기가 거기까지 나온 이상 딩고가 내놓을 의문은 한 가지였다.

"그럼 발슈타인은 누구지?"

"주인님께서도 아시다시피 악마입니다."

리엘의 대답은 수많은 뜻을 함축하고 있었다.

짐승들의 이야기

"그의 존재 목적과 존재 이유를 아는 자는 아무도 없습니다. 그저 그가 초현실적인 존재이며 폐율(廢律)의 신인 '그람로어'와 그람로어의 축복을 받은 자들, '그람로니언'을 괴롭히고 싶어 한다는 사실만이 명확할 뿐입니다."

"어렵네. 어려운 건 용서 못해."

입술을 앞으로 비죽 내밀며 인상을 쓴 딩고는 밖을 지켜봤다. 늑대형 수인이었을 때의 버릇처럼 코와 귀가 쉴 새 없이 꿈틀거렸다.

이윽고, 빗발이 점차 약해지더니 완전히 멎었다. 비가 멎은 뒤에도 한참동안 밖을 보며 친구들을 생각하던 딩고는 털어내듯 자리에서 일어났다.

"갈까?"

"예, 주인님."

우려했던 것과 달리 그가 단호하게 말하자 리엘은 안심하고 검의 모습으로 변했다.

숲을 한참 달리던 딩고는 숲 저편에서 우렁찬 소리가 들리자 야생늑대처럼 우거진 풀숲 사이로 몸을 숨겼다.

그는 젖은 땅에 귀를 바짝 붙였다.

그의 귀와 얼굴, 그리고 붉은색 머플러에 진흙이 잔뜩 묻었지만 그는 개의치 않았다.

"그람로니언 중장기마병이야. 그것도 열 명이 넘어. 날

발견한 걸까?"

리엘은 대답하지 않았다. 굳이 땅에 귀를 대지 않아도 될 만큼 소리가 가까워진 탓이다.

검은 중장갑옷에 황색 망토를 걸친 기병들이 무서운 속도로 숲길을 질주했다. 총 열두 명으로 이뤄진 기마대는 이제까지 딩고가 만난 자들과는 분위기가 달랐다. 갖고 있는 검과 창의 디자인부터도 일반 병사들의 것보다 훨씬 더 웅장하고 기품이 있었다. 고삐를 잡은 손의 모습에서까지 차원이 다른 힘이 느껴졌다.

그런데 그들은 딩고가 숨은 풀숲을 한 치의 의심도 없이 스쳐 지나갔다. 그람로니언들이 나침반 비슷한 물건으로 자신의 위치를 파악한다는 사실을 알고 있는 딩고로선 놀랄 일이었다.

그들이 지나간 뒤 딩고는 주위를 살피며 일어났다.

"날 노리는 게 아니었나봐?"

"뭔가 특별한 임무를 맡고 이동하는 것처럼 보였습니다. 아무튼 그람로니언들이 나타난 이상 이곳을 빨리 벗어나는 게 좋을 것 같습니다."

"응."

딩고는 다시 숲을 달렸다. 그러나 그람로니언들의 신중한 모습이 계속 눈에 밟혀 불안감까지 느꼈다.

짐승들의 이야기

'뭔가 엉뚱한 짓을 하는 게 아닐까?'

제발 아니길 바라는 그의 마음에도 불구하고 몇 분 후에 다시 숲을 달리는 검은색 기마대 사이에는 어떤 인간, 그것도 어린 소녀의 모습이 있었다.

수풀 속에 숨어 있던 딩고는 입에 재갈을 물린 채 짐짝처럼 안장에 실린 소녀의 모습을 보고 안타까워했다.

'어쩌지? 어쩌면 좋지?'

망설이는 그의 머리와 달리 몸은 이미 나무로 우거진 언덕을 달리며 목표물을 추적하고 있었다.

"주인님, 정말 그 존재를 구하실 생각이십니까?"

"녀석들에게 붙잡혔잖아! 그럼 우리 적은 아니라는 소리라고?"

"그런 흑백논리가 통할 상황이 아닙니다."

"너도 그 애가 잡힌 꼴을 봤을 거 아냐, 리엘!"

"주인님께서는 그 존재의 외모에 이끌려 동정을 품으신 것뿐입니다. 진정하십시오."

딩고는 이를 악물고 리엘의 말을 애써 무시했다. 리엘은 리엘대로 고집을 부렸다.

"다시 생각해 보십시오, 주인님. 주인님께서는 지금까지 적지 않은 수의 인간들을 구하셨습니다. 주인님의 외모에 반한 몇몇 어리석은 여성들은 주인님을 따라오려고까지 했지요. 과연 주인님께서 수인의 모습을 하고 있었다면 그들이 그런 낭만을 품었겠습니까? 고맙다는 말만 들어도 다행이었을 겁니다. 그것과 마찬가지입니다."

"알고 있어!"

소리친 딩고는 언덕의 정상에 도달하고 있었다. 언덕 아래로 크게 굽어진 길을 돌아가고 있는 그람로니언 기병대의 모습이 그의 하늘색 눈동자에 들어왔다.

"하지만 본 걸 어떡해? 화가 날 정도로 불쌍한 걸 어쩌라고!"

"그렇게 생각하시면 끝도 없습니다. 혼자 싸우는 것과 누군가를 데리고 싸우는 것은 차원이 다른 일입니다."

딩고의 인상이 흐려졌다.

고민할 시간은 많지 않았다. 여기서 치지 않으면 말의 속도를 따라잡을 방법이 없었다.

"그럼 이렇게 하자. 녀석들이 저 애를 잡아가는 이유만 알아내는 거야. 됐지? 그다음에는 신경 안 쓸 테니까!"

"…알겠습니다."

리엘의 말끝엔 근심 어린 한숨이 섞여 있었다.

"좋아!"

소리친 딩고는 언덕 아래로 서슴없이 뛰어내렸다.

날개 없이 떨어진 자가 가져온 충격으로 인해 물에 젖은 땅이 파문을 일으키며 원형으로 퍼졌다.

비명을 지르는 신마들을 진정시킨 그람로니언들은 각자의 무기를 들며 딩고를 노려봤다.

"뭐냐, 저건?"

맨 앞에 나란히 선 두 그람로니언 사이로 붉은색 머플러가 펄럭였다. 갑작스런 상황에 멍해져 있던 그람로니언들의 눈은 순식간에 머리를 잃고 불씨로 변하는 두 동료들의 시체로 인해 붉게 달아올랐다.

"에텔라이저라고?"

"이런, 머리사냥꾼이다!"

다급히 외친 그람로니언들은 무기를 앞세우고 말을 몰았다.

자세를 낮춘 딩고는 평상시와는 다른 날카로운 눈매로 적들을 노려봤다. 하늘색 눈동자는 태풍을 머금은 창공처럼 살기를 뿜었다.

말과 무기들의 파도가 순식간에 딩고를 덮쳤다. 그러나 찔리고 짓밟혀야 할 딩고의 모습은 어디에도 없었다.

"윽!"

그람로니언 중 한 명이 비명을 질렀다. 그의 투구엔 붉은 머플러가 단단히 감겨 있었다.

다른 그람로니언들이 그를 구하려고 했지만 머플러를 당

기며 습격한 딩고의 무릎에 그는 투구째로 머리가 깨져 즉사했다.

가공할 만큼 빠르고 강력한 공격이었기에 그람로니언의 시체는 말 밑으로 떨어지거나 하지도 못했다.

시체의 어깨를 밟고 선 딩고는 투구에 감은 머플러를 풀고 다른 그람로니언을 향해 뛰었다.

목표가 된 그람로니언은 창으로 자신의 앞을 가로막았다. 그것으로 첫 공격인 발차기는 훌륭히 막아냈지만 딩고는 맨손격투로 상대를 끝낼 생각이 없었다.

적을 발로 차고 수직으로 튕겨 오른 딩고로부터 검고 붉은 검광이 번뜩였다. 방어 자세를 풀 틈도 없이 들어온 공격에 그람로니언은 머리부터 가슴까지 단번에 베였다.

딩고는 갑옷에 박힌 검을 뽑으며 그람로니언의 몸통을 발로 가격했다. 알맹이를 잃은 갑옷이 충격에 날아가면서 안에 담겨 있던 불씨들도 다른 그람로니언들을 향해 흩날렸다.

일순간 불씨에 시야를 방해당한 그람로니언들은 무기를 휘두르고 말을 모는 등 시야를 확보하기 위해 애썼다.

죽은 그람로니언의 어깨갑옷이 그들 중 한 명의 머리에 모자처럼 걸쳐졌다.

그는 짜증을 내며 갑옷을 치웠다. 동시에 에텔라이저의

칼날이 어깨갑옷과 머리를 관통했다.

검과 어깨갑옷, 투구 사이로 쇠가 깎일 때 나는 불똥이 으스스한 소리를 내며 튀었다.

딩고는 자세를 바꿔 시체의 갑옷을 발로 찼다.

갑옷이 부서지고 불씨가 날리는 한편, 딩고는 물을 차고 날아오른 새처럼 하늘에서 몸을 틀었다.

습기를 머금은 공기의 요정들이 팽팽하게 당겨진 그의 다리와 허리, 가슴을 스치며 아쉬운 휘파람을 불었다.

거목의 옆구리에 발을 댄 딩고는 그 상태로 자세를 바꿔 그람로니언들을 향해 뛰었다.

호선과 원, 직선이 그람로니언이라는 징검다리 사이에서 춤을 췄다. 머리 또는 가슴 이상을 잃은 그람로니언들의 몸이 지면과 나무 밑동을 향해 처박혔다.

떨어져 불씨를 뿜는 그들의 시체 사이로 딩고가 착지했다. 땅이 질퍽한 탓에 그는 착지자세를 유지한 채로 몇 발자국 정도의 거리를 미끄러졌다.

똑바로 일어난 딩고는 흘러내린 머플러를 왼팔로 쳐 뒤로 넘겼다. 남은 두 명의 그람로니언은 공격하지도, 도망치지도 못한 채 딩고를 바라보기만 했다.

"머, 머리사냥꾼! 네가 왜 여기 있는 건가!"

딩고는 언젠가부터 자신이 괴물이라는 단어 대신 머리사

냥꾼이라 불리는 것을 알고 있었다.

하지만 그리 신경 쓰진 않았다. 혼자 다수를 상대하는 일이 많은 그로선 일격필살을 노려야 하는데, 그에 가장 어울리는 부위는 바로 머리였다.

에텔라이저에 당한 그람로니언은 시체가 남지 않는다. 그런데 동료들을 찾아 나선 그람로니언 정찰병들은 자신들이 발견한 주인 잃은 갑옷에서 공통점을 발견했다.

하나같이 투구가 으깨지던가 목이나 가슴이 베여 있던 것이다.

그 이후 머리사냥꾼이라는 별명이 그람로니언들 사이에서 퍼졌다.

몇몇 장교들이 머리사냥꾼을 잡겠다며 나침반을 들고 나갔지만 살아 돌아온 자는 아무도 없었다.

딩고는 그람로니언들에게 다가갔다.

"그 애를 데려가라는 이유가 뭐지?"

"애?"

그람로니언 중 한 명이 뒤를 돌아봤다. 그는 안장에 실어 놓은 하얀 머리의 소녀를 보고 웃음을 터뜨렸다.

"애라고? 하하하, 넌 이게 뭔지도 모르고 우리를 공격한 건가? 이 소모품을 구하기 위해?"

딩고의 이마에 주름이 졌다.

"소모품?"

"그래, 높으신 분들을 위한 소모품이지. 이것들의 수가 곧 그분들의 목숨이거든. 아무튼 이게 그렇게 가지고 싶었다면 그냥 주마. 어차피 고장 난 것 같으니까."

그는 소녀를 들더니 진흙탕 위로 던졌다.

소녀가 땅에 떨어지는 순간 움찔했던 딩고는 곧 무서운 눈으로 그람로니언을 노려봤다.

"일말의 인간성도 없는 거냐? 너희에겐!"

그람로니언들은 대답 대신 말을 전력으로 몰아 그곳을 벗어났다. 뒤쫓을 타이밍을 놓친 딩고는 씁쓸한 숨을 내뱉었다.

소녀를 일으켜준 딩고는 그녀를 묶은 끈과 재갈을 풀었다. 그녀의 머리와 옷, 얼굴에 묻은 진흙을 닦기 위해 머플러를 드는 순간 소녀가 전신을 부르르 떨었다.

진흙을 뒤집어쓴 딩고는 얼굴에 묻은 진흙을 천천히 닦아 내렸다.

다시 소녀를 본 그는 소녀의 몸과 옷이 방금 세탁하여 말린 빨래처럼 깨끗한 것을 보고 놀라움을 감추지 못했다.

"우와, 신기하다. 어떻게 한 거야? 나도 좀 가르쳐줘."

딩고는 양손으로 소녀의 볼을 누르며 즐거워했다. 반응

은 여전히 전무했지만 그래도 딩고에겐 그렇게 귀여울 수가 없었다.

등에 매달린 리엘로부터 한숨 소리가 들렸다.
"이 존재의 정체가 무엇인지 알 것 같습니다."
"그래? 뭔데? 이름이 뭐야?"
딩고가 천진난만하게 물었다.
"'아바타' 입니다."
"아바타?"
"그렇습니다."
"아바타가 얘 이름이야?"
"아닙니다. 주인님께선 그람로니언의 장군인 져지 그람툴을 기억하십니까?"
"응. 잊을 수 없지."

과거, 수인이었을 때.

딩고는 두 명의 남자를 만난다. 그의 스승, 카를로스 뱅퀴시의 선조인 델마이젠 뱅퀴시와 딩고 자신의 선조인 보먼 슈케르가 그들이다.

딩고는 델마이젠은 몰라도 보먼은 절대 잊을 수가 없었다. 보먼 슈케르는 딩고의 몸을 빼앗았고 그로 인해 딩고는 에텔라이저로 이루어진 인간형 육체에서 생활할 수밖에 없었다.

"하지만 져지 그람툴의 장교들은 다 죽었잖아?"

"그렇지 않습니다. 그들은 살아 있습니다."

딩고의 눈이 커졌다.

"살아 있다고? 어째서?"

"당시 져지 그람툴의 장교 대부분은 아바타를 사용하고 있었습니다. 설명을 덧붙이자면, 4계급 이상의 그람로니언은 자신의 영혼을 아바타에 이식하여 완전한 죽음을 피하는 것이 가능합니다. 아까 도망친 그람로니언의 말대로 아바타의 수가 곧 그들의 목숨인 것입니다."

딩고의 말끔한 얼굴에 경악이 깃들었다.

"그럼 이 애는……."

"아바타의 원래 형태인 것 같습니다. 이 안에 그람로니언의 영혼이 들어가면 아바타는 해당 그람로니언의 모습을 갖추는 것으로 알고 있습니다. 저도 직접 보는 것은 처음이라 이렇게밖에는 설명드릴 수 없습니다."

딩고는 심각한 표정으로 고개를 숙였다. 소녀는 그저 가만히 서 있을 뿐이었다.

"아무튼 소모품입니다. 더 이상 신경 쓰실 필요가 없습니다."

"……."

"이곳을 빠져나가야 합니다. 도망친 그람로니언들이 분

명 지원군을 이끌고 다시 올 것입니다. 장교들이 섞여 있으면 귀찮아집니다. 서두르십시오."

"좋아, 그럴게."

그러나 딩고는 리엘의 예상을 깨고 소녀를 서둘러 등에 업었다. 반전에 당한 리엘은 몸을 부르르 떨었다.

"무슨 생각이십니까!"

"안전한 곳에 데려다줘야지. 이대로 뒀다가는 다시 그람로디언들의 표적이 되어버릴 거야."

"…알겠습니다."

그녀의 힘겨운 수락을 받은 딩고는 무겁게 발걸음을 옮겼다.

만약의 사태에 대비해 다시 숲속으로 들어간 그는 가면서 리엘에게 물었다.

"아바타는 영혼이 없어?"

"오지랖 한 번 넓으시군요."

"……."

리엘이 화가 단단히 났음을 느낀 딩고는 사과하듯 웃었다.

조금 뒤, 그의 눈에 소녀가 존재하기에 적당한 동굴이 들어왔다.

"저곳이면 되겠지?"

짐승들의 이야기

딩고가 묻자 검의 형태를 하고 있는 리엘이 반짝반짝 빛을 냈다.

"쾌적하다고 할 수는 없겠지만 이전에 살고 있던 장소보다는 나은 것이 확실합니다."

"자, 그럼 헤어질 시간이야."

딩고는 고개를 돌려 자신의 어깨에 걸쳐진 소녀를 봤다. 소녀는 곱게 눈을 감은 채 잠들어 있었다.

동굴 안쪽에 마른풀 등을 이용하여 자리를 만들어준 딩고는 리엘의 예상과 달리 소녀를 그 위에 눕힌 후 미련없이 동굴을 떠났다.

그는 머플러에 턱을 묻은 채 말없이 웃었다. 깊은 아쉬움이 담긴 미소였다.

"의외로군요."

인간의 모습으로 자신의 곁에 선 리엘의 말에 딩고는 고개를 들었다.

"뭐가?"

"저는 말씀이라도 한마디 남기고 가실 줄 알았습니다."

"말? 응, 하고 싶었지만 그만뒀어. 미련이 생길 것 같아서."

"잘하셨습니다."

칭찬에도 불구하고 딩고의 표정은 사실 좋지 않았다.

"내가 저 애를 데려가려고 했다면 당연히 말렸겠지?"
"현실개념 부족에 대한 꾸중을 했겠지요."
"응? 그렇게 차갑게 생각하지 마."
"친절은 상처만 남길 뿐입니다."
"…응?"

기습적인 말에 당황한 딩고는 눈을 부릅뜬 채 땅을 노려보는 리엘의 모습을 보고 흠칫 놀랐다. 그는 뭔가 말하려다가 말고 다른 곳에 눈을 돌렸다.

'아냐, 참자. 지금 이유를 물었다간 대단히 나쁜 일을 당할 것 같아.'

시간이 좀 흐른 뒤, 리엘의 입에서 한숨이 나왔다.
"하실 말씀이 있으시다면 계속하시지요."
"난 사실 소설가나 화가가 되는 게 꿈이었어."

리엘이 미친 사람을 보듯 딩고를 쳐다봤다. 하지만 딩고는 아랑곳없이 자신이 하고 싶은 말을 계속했다.

"눈앞의 풍경을 보면서 엉뚱한 상상을 하는 게 좋았거든. 그런데 내 고향에선 그게 그렇게 쉽지 않다는 걸 깨달아 버렸어. 검을 들고 적들과 싸워 살아남는 것이야말로 절대적인 정의였지. 나도 그래서 다른 사람들처럼 검을 든 거야. 피할 수 없는 현실이니까."

"호오."

리엘은 고개를 끄덕였다.

"정리하자면, 아바타가 물건에 지나지 않는다는 현실을 인정하신 것이군요."

"응? 아니, 그게 아니라……."

딩고가 두 손을 흔들었다.

"알겠습니다. 축하드립니다. 어서 가지요."

리엘은 다시 검으로 돌아가 딩고의 등에 달라붙었다. 딩고는 자신의 검은색 머리를 만진 뒤 길을 재촉했다.

그가 서 있던 자리에 하얀 깃털이 떨어졌다. 진흙 위에 고인 물에 정확히 떨어진 깃털은 설탕처럼 녹아 사라졌다.

그 위엔 딩고가 방금 전 동굴에 데려다놓은 소녀가 있었다.

그러나 딩고가 아는 소녀의 마지막 모습과 지금의 모습은 완전히 달랐다.

인형처럼 무표정했던 얼굴엔 미소가 확실히 존재했다. 특히 어깻죽지로부터 뻗어 나온 한 쌍의 커다란 날개는 장대하게 움직이며 주위를 흰색의 빛으로 물들였다.

"저자가 그대의 새로운 장난감인가, 발슈타인?"

"그렇지. 아니, 그랬었지."

울림이 섞인 목소리와 함께 소녀의 앞쪽 공간에서 어둠

이 피어올랐다.

공간이 회오리치며 일그러지는가 싶더니 검은색 옷을 입은 남자가 나타났다. 뒤로 깔끔하게 넘긴 검은 머리와 중후하게 굽어 붙은 붉은색 뿔 한 쌍이 그의 관록 어린 눈매를 더욱 돋보이게 해주었다.

그 남자, 발슈타인은 어디서 났는지 모를 파이프 담배를 입에 물며 딩고가 간 숲길을 바라봤다.

"하지만 이젠 내 소관이 아니야. 인간과 수인의 금지된 사랑은 꽤 재미있는 소재였는데, 안타깝게 됐어. 게다가 고스트까지 달라붙었으니 이젠 통제할 방법이 없지."

"아예 방법이 없는 건 아니라네."

소녀가 활짝 웃었다.

"오브제들의 위치를 바꾸면 좀 더 재미있는 상황을 만들 수 있지."

"오브제들의 위치를 바꾼다고?"

발슈타인의 눈매가 날카로워졌다.

"엄청난 일을 계획하는군. 그건 너무 큰일이야. 신의 영역마저 건드릴 생각인가?"

소녀가 자신의 납작한 가슴을 손으로 덮은 뒤 복부까지 쓸어내렸다.

"이 아바타는 저자를 만나기 위해 임시로 사용하는 것뿐

짐승들의 이야기 143

이야. 그리고 성계신, 알테라에게 발각되어 봤자 뭐가 달라지겠나? 날 추적하면 난 이 육체를 버리면 돼. 다음 육체를 구하는 게 문제겠지만 아무튼 오브제의 위치는 내가 바꾸도록 하지."

소녀의 선언에 발슈타인은 씩 웃었다.

"전부 바꿀 건가? 그랬다가 네 개의 오브제가 모두 모이면 너무 허무해질 텐데?"

"레온 라이온하트가 소유한 두 개 중에 하나만 빼돌릴 계획이네. 자네 말대로 둘 다 빼냈다가는 재미가 덜할 테니까."

"하하, 매우 좋군. 그렇지 않아도 레온 라이온하트 때문에 화가 나 있는 참이었는데, 마침 잘됐어."

"무슨 일이라도 있나?"

"그렇게 멋있진 않은 일이야. 이야기가 꽤 기니 나중에 들려주지."

"알았네."

발슈타인은 물고 있던 담배를 양손에 포갰다. 빠직 하는 소리가 터지고 발슈타인이 손을 폈다. 그의 양손엔 투명하고 붉은 술이 각각 들려 있었다. 발슈타인은 그중 왼쪽에 든 것을 소녀에게 건네주었다.

둘은 잔을 부딪쳐 건배했다.

"무한의 재미를 위하여."

술을 비운 소녀는 잔마저도 빛으로 바꿔 흡입한 뒤 그곳에서 사라졌다. 남은 것은 창공에서 흩날리는 백색의 깃털들뿐이었다.

CHAPTER 91
존재하지 말아야 하는 자

그람로니언은 '아바타'라는 존재를 이용해 죽음을 피하는 것이 가능하다. 그것은 에텔라이저라는 이름의 특수금속을 이용하여 삶을 지속하고 있는 딩고 슈케르의 입장과 비슷했다.

"그리고 딩고 슈케르는 원래 늑대인간이었다 이거지?"

"늑대 수인입니다."

붉은 옷에 빨간색 빵모자를 쓴 여성이 인상을 찡그리며 지적했다.

리오가 지금까지 얻은 정보는 거기까지였다. 아직 딩고

의 정확한 위치도, 에텔라이저가 이 세상에 퍼진 이유도 알지 못했다.

이 세상이 아카식 레코드에 의해 재생되고 있는 과거라는 사실만으로도 화가 나는데 그런 수수께끼와도 마주하게 되니 리오의 스트레스는 이만저만이 아니었다.

더불어 일을 그에게 맡긴 레온 라이온하트는 라스티 마프론이라는 이름의 마법사를 붙여주었다.

리오에게 있어서 그녀라는 존재는 훼방꾼 이상의 의미를 주진 못했지만 그래도 딩고 슈케르를 확인할 수 있는 존재이기에 일단 데리고 다니기로 했다.

그래도 안 좋은 일만 있는 것은 아니었다. 딩고 슈케르라는 자의 소문이 '로펠러'라는 국가 쪽으로 퍼지고 있다는 사실은 그에게 조금이나마 희망을 주었다.

리오는 럼퍼룬에서 아주 멀리 떨어진 계곡 한가운데에 자리를 잡은 후 그곳의 평지에 뭔가를 그렸다.

바로 옆 수풀 위에 앉은 카샤는 나뭇가지로 이런저런 도형을 바닥에 그리고 있는 리오를 가만히 구경했다.

"자네가 사용하려는 마법은 사용이 불편해 보이는군."

"아, 물론이지. 지금 난 마법을 발명하고 있거든."

"무슨 뜻인가?"

카샤가 놀라고 마법사인 라스티는 어이없어 했다.

"마법을 발명한다고요? 당신처럼 머리까지 근육질로 보이는 남자가요?"

"흠, 신선한 모욕이군."

리오는 자신의 다리 길이보다 긴 나뭇가지를 잠시 땅바닥에 꽂은 후 두 팔을 좌우로 늘어뜨렸다.

"어떤 세계에서 마법을 사용하려면 일단 그 세계의 규칙을 지켜야 해. 그런데 지금 시점의 규칙은 너무 구식이고 효율이 떨어져서 이렇게 강제로 새로운 마법 구조를 만들고 세상에 인식을 시킨 후 기동하는 수밖에 없어."

"그렇게 듣자니 매우 대단해 보이는군."

카샤가 끄덕거렸다.

"그렇지? 하지만 지금 우리가 있는 세계가 정말 과거라면 이것은 절대 해서는 안 될 짓이야."

"왜 그런가?"

"이건 내가 알고 있는 공간이동 마법 중에서 가장 진보된 것이야. 이 세계에서 사용된 것과는 5세대 정도 차이가 있지. 미래가 뒤엉킬 수도 있다고."

"반드시 뒤엉킨단 말인가?"

카샤의 질문 이후 리오는 잠시 생각에 빠졌다.

"음… 네 말대로 부정적인 미래만 존재하지는 않겠지. 그래, 잠깐 잊고 있었네."

언제부터 그렇게 됐는지 모르겠지만 그저 눈앞에 닥친 것들만 해결하려고 했던 것 같다. 그렇게 자신을 돌아본 리오는 다시 마법진을 그려 나갔다.

 라스티는 그가 그리는 마법진을 노려봤다. 한 치의 오차라도 있으면 당장 지적하여 망신을 줄 태세였다.

 그러나 리오의 마법진에는 오차가 없었다. 있다면 그녀가 전혀 모르는 수식과 이론뿐이었다.

 "너와 나를 이곳에 가둔 녀석에 대해서 이야기해 볼까?"

 그가 말하자 카샤는 코웃음을 쳤다.

 "난 녀석의 얼굴도 본 적이 없네. 어떤 자인가?"

 "눈구멍만 뻥 뚫려 있는 유령처럼 생겼지. 생긴 것은 굉장히 저렴한데, 사냥꾼들과 깊은 관련이 있는 존재임은 분명해."

 "사냥꾼? 그들은 생물이 아니었네만?"

 카샤가 꼬리로 자신의 코밑을 긁었다.

 리오가 그녀의 그 버릇을 처음 봤을 때는 황당함과 혐오감을 함께 느꼈으나 지금은 '원숭이'라는 단어 하나로 불쾌감을 간단히 해결하고 있었다.

 "녀석과 사냥꾼 사이에 아무런 관계가 없었다면 내가 이곳에 갇히기 전에 쉬프터들의 본거지를 습격한 사냥꾼과 이 아카식 레코드 내에서 벌 떼처럼 나타난 사냥꾼들을 설명할 방법이 없어."

"아니면 어쩌나?"

"계속 해답 없이 살아가는 거지. 예전처럼 말이야."

일을 마친 리오는 나뭇가지를 옆쪽으로 던졌다.

"둘 다 이쪽으로 와."

카샤는 리오의 부름에 맞춰 다리와 허리를 타고 올라가 어깨에 앉았다. 라스티는 리오의 회색 망토를 붙잡았으나 리오는 안전상의 이유로 라스티를 붙잡아 몸에 밀착시켰다.

"딩고 어쩌고를 만나면 어쩔 건가?"

카샤가 리오의 볼에 자신의 볼을 바짝 붙이며 물었다.

"먼저 녀석이 맞는지 확인해야지. 그리고 '리엘 아케론'이라는 에텔라이저가 곁에 있는지 알아봐야 해. 그게 이 아가씨의 역할이겠지."

라스티가 리오를 흘끔 쳐다봤다.

"그리고?"

카샤가 물었다.

"데려와야지. 왜, 구워먹을래?"

"흐흐."

리오가 만든 마법진이 발동하여 강한 빛을 하늘로 쏘았다.

"이 빛은 뭔가?"

카샤가 왼팔로 눈을 가린 채 소리쳐 물었다.

"일종의 설치 과정이지. 우린 지금 이 세상에서 새로운 마법이 탄생하는 광경을 목격하고 있는 거야. 나도 처음 보는 거지만… 별거없군!"

셋의 모습이 순간 사라지고 물체의 위치가 바뀌면서 생긴 충격파가 계곡을 오랫동안 흔들었다. 그것을 지진으로 오해한 새들이 하늘로 하얗게 솟아올랐다.

공간이동에 걸리는 시간은 한순간이었다.

목표지인 로펠러의 수도 남쪽에 나타난 리오와 카샤, 그리고 라스티는 주변에 해를 끼치지 않고 안전하게 도착한 것을 확인한 뒤 숨을 돌렸다.

"아, 내가 얘기했었나?"

리오가 갑자기 미소를 띠며 묻자 카샤가 고개를 저었다.

"나에겐 징크스가 있어. 일이 터지면 어느 나라의 수도로 가서 죽도록 고생하는 거지."

카샤는 인상을 구기고 주변을 봤다. 분명 수도라고 부를 수 있을 만큼 큰 도시이긴 했지만 멀쩡한 건물은 거의 없는 폐허였다.

"설마 이런 곳에서도?"

웃는 카샤의 귀에 묵직한 발소리가 들렸다.

검은 갑옷을 입은 자들이 폐허 곳곳에서 모습을 드러내 리오와 카샤를 전술적으로 둘러쌌다.

"이 녀석들이 그람로니언인가?"

리오는 초감각을 이용해 상대를 살폈다.

'겉모습은 다르지만 구조적으로는 주신계의 레플리카들과 비슷하잖아? 에텔라이저도 그렇고, 대체 어떻게 된 세계지?'

리오는 카샤를 아카식 레코드의 영역 밖으로 내보내는 것 자체가 왠지 대단한 모험이 될 것 같았다.

"쯧."

리오는 카샤를 왼쪽 어깨에 둔 채 오른손을 옆으로 뻗었다. 그때까지 보이지 않던 그의 검, 디바이너의 보라색 자태가 공간을 가르며 튀어나와 주인의 손에 잡혔.

검이 그렇게 나타나는 것을 처음 보는 라스티는 벌린 입을 다물지 못했다.

"충고하겠는데, 둘 다 몸 조심해."

"조심하라니?"

카샤가 조금 긴장했다.

"내 몸이 좀 이상해. 손에 잡히는 검의 무게가 달라. 내가 기억하는 것보다 훨씬 더 무거워."

"그럼 본좌도 싸우겠네!"

리오의 왼쪽에서 화염이 터지며 그람로니언 한 명이 분해되었다. 마법이었다. 오른쪽에서 달려들던 그람로니언은 검에 맞아 휴지처럼 몸이 구겨지며 폐허에 처박혔다.
"난 조심하라고만 했을 뿐이야."
"으, 으음."
리오의 남은 오른쪽 눈에서 붉은 빛이 올라왔다.
라스티는 그제야 자신의 일행이 인간과는 별개의 존재임을 인정했다.

*   *   *

소녀, 아니 아바타와 헤어진 후 딩고 슈케르가 일주일가량 걸어 도착한 곳은 폐허가 된 인간의 거대한 도시였다.
도시를 지키는 성문은 성문 좌우에 놓였던 것으로 보이는 석상의 다리와 발목 외엔 남은 것이 없었고 성벽은 그 터만 남아 있을 뿐이었다.
파괴된 건물들 옆엔 천이나 판자로 대충 만든 가건물들이 수두룩했다.
그 건물들의 주인은 인간이었는데, 젊은이와 아이들은 거의 없었고 있다 하더라도 부상과 병으로 시름시름 앓고 있는 자들이 대부분이었다.

"여긴 어떻게 된 걸까?"

"당연히 그람로니언에게 파괴되었겠지요."

리엘에게 그걸 물은 것이 아닌 딩고는 멋쩍은 얼굴로 머리를 긁적거렸다.

그는 일주일 전에 있었던 아바타와의 사건 때문에 아직도 리엘에게 구박을 받고 있었다.

그렇게 말을 하고 끝내긴 좀 미안했는지 리엘이 다시 말했다.

"이곳은 로펠러 왕국의 수도입니다. 이제는 수도였던 곳이라고 말씀드리는 것이 더 정확하겠군요."

"그렇구나."

딩고는 폐허를 돌아봤다. 현재 그가 목적지로 삼고 있는 마라카스 제국의 도시, '주트라일'의 모습이 이곳의 정경과 묘하게 겹쳤다.

"마라카스 제국도 언젠가는 이렇게 될까?"

"그렇지는 않습니다. 마라카스 제국은 인간들의 영토와 달리 국가 내부의 문제가 거의 없습니다. 간단하게 당하지는 않을 것입니다."

"다행이네."

딩고는 안도의 한숨을 쉬었다. 하지만 리엘의 말은 아직 끝난 게 아니었다.

"하지만 안심할 수는 없습니다. 그람로니언의 전력은 상상할 수 없을 정도로 막강합니다. 이유는…….."

리엘의 말이 거기서 끊겼다. 난민들이 빈 그릇을 들고 딩고의 주변으로 다가오고 있었기 때문이다.

그들의 대부분은 굶주리거나 질병에 시달리고 있었다. 심지어 팔다리를 아예 잃은 자도 있었다.

오랜 굶주림과 시련에 지친 그들의 눈에선 희망은커녕 생기조차 느껴지지 않았다. 특히 아이들이 많아서 딩고는 가슴이 아팠다.

그는 무리지어 도망치는 인간들을 구해준 적이 몇 번 있었다.

그들은 그나마 살기 위해 몸부림이라도 치는 부류였지만 지금 만난 사람들은 그렇지 않았다.

죽음을 기다리는 자들. 그 말 외엔 어울리지 않았다.

딩고는 마음이 아팠다.

'이들을 이렇게 방치해 놓고 친구들에게 돌아가야 하는 건가? 그 꼬마도 그렇게 놔두고 왔으면서?'

라고 생각하는 딩고와,

'내가 어서 돌아가지 않으면 친구들이 이렇게 될 수도 있어.'

라고 생각하는 딩고가 그의 마음속에서 첨예하게 대립

했다.

리엘이 그를 재촉했다.

"어서 가시죠, 주인님."

딩고는 대답하지 못하고 가만히 서 있기만 했다.

그때였다.

남쪽과 서쪽에 위치한 첨탑으로부터 갑자기 종소리가 울렸다.

딩고는 주위에 몰려 있던 사람들이 갑자기 비명을 지르며 도망치자 크게 당황했다.

"어? 이봐요, 무슨 일이죠?"

사람들은 그의 질문을 무시한 채 도망치기에만 급급했다.

짐승과 같은 비명도, 팔다리를 허우적대며 도망치는 모습도 품위에 신경을 쓰는 것으로 유명한 인간의 습성과는 전혀 맞지 않았다.

그들은 그저 겁에 질린 동물에 불과했다.

"그람로니언! 그람로니언이다!"

말을 할 의지가 가까스로 남아 있는 한 노인의 외침 덕분에 딩고는 종소리에 담긴 뜻이 무엇인지를 알 수 있었다.

"그람로니언이 쳐들어온다고?"

딩고는 믿을 수 없었다.

"무슨 이유로? 이 사람들에게선 더 이상 얻어갈 게 없잖아? 설마 나 때문인가?"

"정확한 이유는 아직 알 수 없습니다. 일단 피하시지요, 주인님."

"제길!"

쓴소리를 내뱉은 그는 검의 모습을 하고 있는 리엘을 빼들었다.

"녀석들은 어디서 오는 거지?"

"남쪽에서 종이 울린 것으로 봐서 그쪽으로부터 오는 것 같습니다. 그렇다면 우리는 동북쪽으로 가는 것이……."

그녀의 조언이 끝나기도 전에 딩고는 남쪽으로 달리기 시작했다.

"주인님!"

"그래, 바보짓인 거 알아! 하지만 내 마음이 불편하다고! 칼로 가슴을 후벼 파는 느낌이란 말이야!"

"양심이 아닙니다! 그것은 우유부단함일 뿐입니다!"

"사람들을 구하는 게 뭐가 어때서!"

그들이 말싸움을 시작하려는 찰나, 큰 폭발음이 도시 남서쪽에서 터졌다. 딩고는 무럭무럭 솟아오르는 검은 연기를 보며 눈을 깜박거렸다.

"뭐지, 저건?"

"마법입니다! 저것은… 믿을 수 없습니다! 작용하는 물리법칙 자체를 무시할 만큼 강력한 존재가 저곳에 있습니다!"

또 한 번의 폭발이 터졌다.

혼란에 빠진 딩고는 방금 리엘이 한 말의 의미를 금방 이해하지 못했지만 리엘은 계속해서 격한 반응을 보였다.

"대단합니다! 주문을 외우는 시간이 극히 짧습니다! 아니, 외우는 차원을 넘어섰습니다!"

"아군일까? 아니면 그람로니언?"

"둘 다 아닐 수도 있습니다!"

"둘 다 아니라니?"

"아무튼 단독으로 싸우고 있습니다! 위험합니다!"

물론 단독은 아니었다.

옆에 있는 라스티가 어떻게든 리오의 공격 속도에 맞추려 노력하고는 있었으나 주문의 완성 속도가 하늘과 땅 차이라 머뭇거리고만 있을 뿐이었다.

리엘을 잡은 딩고의 손이 더욱 단단해졌다.

"라스티까지 있다고! 저렇게 둘 수는 없어!"

딩고는 다시 달렸다.

"위험한 건 우리입니다!"

리엘은 어떻게든 그를 말리려 했으나 리엘만큼 감각이 뛰어나지 않은 딩고의 귀엔 아무것도 들어오지 않았다.

전투가 한참 벌어지고 있는 장소에 도착한 딩고는 검은 갑옷의 그람로니언들이 가득한 것을 목격했다.

갑옷의 형태와 이곳저곳에 새겨진 금색 문양이 일주일 전에 싸웠던 그람로니언들과 똑같았다. 차이는 기병이 세 명밖에 되지 않는다는 점뿐이었다.

기병 세 명 중에 한 명은 좀 더 화려한 갑옷을 입었고 벌레의 등껍질을 연상케 하는 특이한 형태의 거대방패를 들고 있었다.

계급을 정확히 알 수는 없었으나 이들의 지휘관인 것만큼은 확실해 보였다.

나머지는 전부 보병이었는데, 수는 약 칠십여 명 정도였다.

"수가 너무 많아!"

"저들은 학살당했습니다! 그가 적이라면 우리도 피해야 합니다!"

순간 십여 명 정도가 두꺼운 광선에 휘말려 가루로 변했다.

뒤이어 그람로니언 보병 두 명이 상체와 하체를 각각 분해당한 채 하늘로 솟아오르다가 몸에 가해진 힘을 견디지 못하고 폭죽마냥 폭발했다.

딩고는 그 지저분한 폭죽이 솟아오른 방향으로 눈을 돌

렸다.

 붉은색의 잔광과 두꺼운 머리채가 적들 한가운데에서 곡선을 그렸다.

 그 끝에서 날름거리는 보라색 대검 한 방에 육중한 그람로니언 보병들이 잘 익은 감자처럼 으깨져 바닥에 흩어졌다.

 붉은 장발의 사내는 검을 휘두르자마자 왼손을 내밀었다. 그는 리엘이 방금 말한 대로 주문을 외우지도 않고 마법진을 완성시켰다.

 "몸이고 뭐고 전부 엉망이군! 대체 왜 이래!"

 그가 짜증을 부리는 와중에 마법진이 화염 덩어리로 변했다. 밀집된 그람로니언들을 향해 날아간 화염은 땅을 흔들 정도로 강력한 폭발을 일으켰다.

 딩고는 어깨에 작은 소녀를 앉힌 채 적들을 압도하는 그의 모습을 보고 눈을 계속 비볐다. 그는 자신이 보고 있는 모든 것들을 믿을 수 없었다.

 "인간이 맞나?"

 "괴물임에 분명합니다! 하지만 함께 있는… 수인과 비슷한 존재와 지금까지 흐른 시간의 경과를 따졌을 때는 우리를 돕기 위해 온 존재일 수도 있습니다."

 "시간의 경과?"

딩고는 자신의 오랫동안 의식을 잃고 있었다는 사실을 기억해냈다. 동시에 아련한 불안감이 그의 뇌리를 흔들었다.

"그럼 그때, 내가 보먼에게 당한 그때 이후로 얼마나 시간이 흐른 거지?"

"약 1년입니다."

딩고의 무릎이 휘청했다.

"1년… 이라고?"

"일찍 말씀드리지 못한 점에 대해서는 사과드리겠습니다."

딩고는 터벅터벅 앞으로 걸었다. 적을 물리치기 위해 전진하는 것이 아니라 그냥 몸이 가는 대로 움직이는 것뿐이었다.

"다들 날 잊었을까?"

"……."

"죽었다고 생각하겠지? 그래, 나라도 그럴 거야. 1년 동안 아무 소식도 없었으면 분명……."

"그만하십시오!"

리엘이 강하게 요동쳤다. 퍼뜩 정신을 차린 딩고는 걷던 것을 멈추고 리엘을 봤다.

"주인님과 다른 분들 간의 관계는 겨우 그 정도였습니

까? 겨우 1년이라는 시간 만에 죽음이라는 예상으로 모든 관계가 마감될 만큼 가벼운 사이였습니까? 희망이라는 단어 따위는 존재할 여지조차 없을 정도로 얄팍한 의리의 관계였습니까?"

"……."

"주인님은 이렇듯 멀쩡히 살아계십니다. 오히려 주인님께서 다른 분들의 생사를 걱정하셔야 합니다. 그 여부를 확인할 수 있는 기회가 저 앞에 있을지도 모릅니다."

그녀의 차가운 충고에 딩고의 눈과 표정에 어렸던 혼란이 조금씩 가셨다.

한숨을 쉰 그는 나지막이 말했다.

"그냥 돌아가기만 하면 되는 게 아니네."

"사업도 돈을 번다고 끝나는 것은 아니지요."

"……."

리엘이 한 말은 긴장을 풀어주기 위한 농담일까, 아니면 경험에서 오는 충고일까. 딩고는 곰곰이 생각해 봤지만 답은 역시나 나오지 않았다.

그사이 상황이 변했다.

멀리 떨어진 곳에서 전투를 지켜보던 그람로니언의 지휘관이 방패와 돌격용 창을 단단히 들고 말을 몰았다.

"어디서 나타난 녀석인지 모르지만 대단하구나! 하지만

나에겐 통하지 않을 것이다!"

그는 방패를 위로 들고는 우산처럼 썼다. 그리고 오목하게 들어간 방패의 밑을 말의 마갑 목 부분에 맞췄다.

마갑에 맞춰 설계된 방패였기에 기계적으로 확실히 고정됐다. 그 모습은 날개껍질을 닫고 뿔을 앞으로 세운 곤충처럼 단단해 보였다.

그가 접근하자 그람로니언 보병들을 거의 다 끝장낸 붉은 장발의 남자, 리오는 잔뜩 짜증이 난 얼굴로 지휘관을 돌아봤다.

"벌레는 불에 잘 타지."

여태껏 그가 쏜 화염 덩어리 중 가장 큰 것이 지휘관의 방패에 충돌했다.

그러나 폭발은 없었고 지휘관은 멀쩡했다. 방패는 약간의 연기만 뿜을 뿐, 흠집 하나 나지 않았다. 심지어 말도 무사했다.

리오는 식어가는 방패를 끝까지 보면서 마법이 효과를 발휘하지 못한 이유를 추리했다.

"정령반응식 방패? 에텔라이저로도 부족해서 저런 것까지 존재한단 말이야?"

우렁찬 소리가 인근의 첨탑을 흔들었다.

그람로니언 지휘관이 말과 창을 앞세워 건물을 들이받은

것이다. 도시가 점령될 때 그람로니언의 투석기 공격을 받아 반파가 되었던 첨탑은 무서운 소리를 내며 서서히 기울었다.

무너지는 첨탑에서 벗어난 지휘관은 말을 한참 뒤로 물렸다.

"이게 무슨……?"

그가 첨탑을 들이받기 전에 본 것은 리오가 뺨을 때리듯 왼손바닥으로 창끝을 후려치는 모습이었다.

머리를 흔들어 돌과 흙을 쏟아낸 말은 심하게 으르렁거렸다.

지휘관이 다시 창을 들며 외쳤다.

"대단하구나! 넌 조금 더 오랫동안 살아 있을 가치가 있다!"

리오는 대답 없이 상대를 노려보기만 했다. 그는 어떤 방식으로 상대를 죽일지 고민하고 있었다.

그러나 지휘관은 창과 방패를 풀고 아래로 내렸다. 싸울 뜻이 없다는 의사였다.

"아바타를 회수하러 갔던 부하들이 누군가에게 당했다는 얘기를 들었다. 네놈의 짓인가?"

"부하들의 무능을 왜 나한테 묻는 거지?"

"흥, 그때 그 아바타는 어찌했나? 설마 그 불량품을 데리고 다니는 건 아니겠지?"

리오는 아예 대답을 하지 않았다.

"과묵한 녀석이군. 그럼 우린 내일 아침에 다시 오도록 하겠다. 나로선 널 이기기 힘들 것 같으니까 내 상관을 모셔오는 것이 낫겠지. 여기서 벗어날 생각은 마라, 붉은 머리의 인간이여."

상대를 땅에 압착시키려 했던 리오는 상관을 데려오겠다는 상대의 말에 행동을 멈췄다.

"내가 여기서 떠나면 어떻게 되나?"

"이 도시의 인간들은 다 죽는다."

"아, 그래? 마음이 너무 아프군."

"뭐라고?"

지휘관은 알게 뭐냐는 얼굴로 농담을 던지는 리오의 행동에 깜짝 놀랐다.

"동족을 방치하고 도망치겠다는 건가?"

"넌 네 부하들이 나에게 죽을 때 뭐했지? 난 네 냄새도 맡은 기억이 없는데?"

"으……!"

지휘관이 흥분하여 다시 공격을 하려는 찰나, 근처에 숨어 있던 딩고가 화를 참지 못하고 뛰쳐나왔다.

"당신의 부하들을 죽인 자는 나야! 그리고 도시 사람들은 끌어들이지 말라고! 이렇게 피폐하게 만들어놨으면 충분하 잖아!"

갑자기 나타난 딩고의 모습에 리오는 짜증을 냈고 라스티는 그 낯설면서도 익숙한 감각에 이상한 느낌을 받았다.

"오, 의외의 만남이로군."

지휘관의 투구 속에서 웃음소리가 흘러나왔다.

"머리사냥꾼이 바로 너로구나! 위대하신 슈플리에 장군께서 네놈이 나타나기를 기다리셨다!"

지휘관의 상체가 꿈틀했다.

그의 목에는 보라색의 대검이 치명적인 각도로 박혀 있었다.

"그럼 너 말고 그놈이 왔어야지."

지휘관은 자신에게 검을 던진 리오를 죽일 듯이 노려보다가 얼마 못가 말과 함께 재로 변해 사라졌다.

딩고는 리오를 슬그머니 돌아봤다. 그는 전혀 예상치 못했던 그 구원자를 의심스런 눈초리로 살폈다.

그의 눈앞에서 지휘관의 목숨을 끊어버린 대검, 디바이너가 천천히 부유하여 주인의 손에 돌아갔다.

"당신, 누굽니까?"

남은 그람로니언들이 도망치는 한편, 리오는 대답에 앞서 눈으로 그들의 이동 형태를 끝까지 살폈다. 자신이 발견

하지 못한 다른 지휘관의 신호에 맞춰 움직이는 것일 수도 있어서였다.

문제가 없음을 확인한 리오는 딩고를 마주봤다.

"네가 딩고 슈케르인가?"

딩고는 대답하지 않았다. 리엘도 침묵했다.

상대가 지나치게 위험해 보였기 때문이다.

"대답을 안 하는 걸 보니 맞나 보군. 몸도, 가지고 있는 무기도 에텔라이저고 말이야. 검으로부터 에텔라이저로 구축된 몸을 빌리고 있군. 양쪽 다 고생이겠어."

딩고는 상대가 눈으로만 에텔라이저를 확인했다는 사실에 한 번 더 놀랐다.

"레온 라이온하트가 날 보냈지. 널 데려오라고 하더군."

"거절합니다!"

딩고가 혈기 넘치게 거절하자 리오는 화가 치민 나머지 눈을 딱 감았다.

"왜?"

"이 도시의 사람들을 그냥 두고 갈 수는 없지 않습니까!"

리오가 도시 사람들의 안전도 자신이 보장하겠다며 말하려는 찰나, 딩고의 등에 걸린 에텔라이저, 리엘이 희미한 빛을 냈다.

"마르코 슈플리에라면 최대의 위기입니다."

딩고가 움찔했다.

"그렇게 위험해?"

"그렇습니다. 검은 날개 기사단은 그람로니언의 대장군, 즈레토가 직접 이끄는 군대의 정예부대입니다. 마르코 슈플리에는 그 부대의 최고 지휘관이자 즈레토의 오른팔이라고 할 수 있는 자입니다. 쉽게 봐서는 안 됩니다."

"……."

딩고는 이를 꾹 물었다.

"어찌하시겠습니까, 주인님? 정면으로 대결하시겠습니까, 아니면 피하시겠습니까?"

"어느 쪽이 더 좋을까?"

"마찬가지입니다. 쉽게 뿌리칠 수 있는 상대가 아닙니다. 제거하고 가시는 쪽이 더 편할 것 같습니다."

"하아."

딩고는 한숨을 쉬며 폐허 위에 앉았다.

"힘드네, 정말. 뭐가 이렇게 꼬이는 거야?"

고뇌하는 그의 어깨에 따끔한 감각이 엄습했다. 깜짝 선물을 받은 아이처럼 놀란 얼굴의 라스티가 나뭇가지로 그의 어깨를 조심스레 찌르고 있었다.

"어이, 당신. 정말 딩고 슈케르야?"

막상 아는 사람을 만난 딩고는 생각대로 행동하지 못했다.
그는 자신을 알고 있는 사람에게 자신의 이름을 말하는 것이 두려웠다. 자신이 딩고라는 사실을 증명할 방법이 어디에도 없기 때문이었다.
딩고는 그냥 빙긋 웃었다.
"네 감각을 믿으면 돼. 그럼 된 거야."
고개를 끄덕인 딩고는 폐허 저편으로 보이는 거대한 산맥에 눈을 돌렸다. 그의 하늘색 눈에 녹아든 설산은 복잡한 그의 마음을 지그시 어루만져 주었다.
가만히 그를 보던 라스티가 움찔했다. 그 눈빛에서 딩고의 원래 모습에 대한 기억이 자극을 받은 것이다.
그녀는 아플 정도로 두근거리는 심장을 누르며 천천히 말했다.
"저기 말인데, 내가 아는 수인들 가운데 희한한 놈이 하나 있었어. 덩치 크고 무섭게 생겼을 뿐만 아니라 싸울 때는 무자비하게 검을 휘두르지. 하지만 산과 들판을 볼 때면 꼭 동화작가처럼 예쁜 눈이 되었어."
"……."
딩고는 그녀의 이야기를 진지하게 들었다. 반면 리오와 카샤는 유치해서 못 들어주겠다는 듯 아예 다른 곳을 바라보고 있었다.

"난 부러웠어. 세상을 그렇게 행복하게 볼 수 있는 비결이 궁금했지. 하지만 녀석은 내가 그걸 묻기도 전에 죽었어."

"그렇구나."

딩고는 착잡했다. 하지만 라스티의 말은 아직 끝난 게 아니었다.

"그런데 그 이름이 방금 떠올랐어. 당신, 도대체 누구지? 인간의 모습이면서 왜 딩고와 똑같은 눈을 가지고 있는 거야?"

"그건……."

그때, 검의 형태였던 리엘이 인간의 모습으로 변해 딩고의 무릎 위에 앉았다. 라스티는 놀란 나머지 엉덩이로 땅을 디뎠다.

"으악! 뭐야!"

리엘은 짜증스런 얼굴로 팔짱을 꼈다.

"두 분 모두 답답하시군요. 빙빙 돌려 말한다고 해서 멋있어지지는 않습니다."

"어? 넌… 리엘이잖아?"

라스티는 리엘의 얼굴을 알고 있었다. 아주 잠깐이긴 했지만 자신을 깔보는 듯한 그 특유의 눈빛 때문에 잊지 못하고 있었다.

존재하지 말아야 하는 자 173

"그럼 정말 딩고란 말이야?"

딩고는 털어내듯 편히 웃었다.

"그렇게 됐어."

"어째서? 정말 인간의 모습이잖아!"

그것도 미남이라는 말을 라스티는 애써 참아냈다.

"제 취향입니다."

리엘의 대답이었다.

좀 당황스럽긴 했지만 리엘의 말에 확신을 얻은 라스티는 실소를 터뜨렸다.

"뭐야, 레온 녀석, 거짓말쟁이가 아니었잖아? 무슨 신이라도 되나봐, 그 사자는. 말하는 대로 다 되잖아?"

그러자 리오는 어이가 없다는 얼굴로 라스티를 노려봤다.

'아까 내가 했던 말들은 전부 잊어버린 건가?'

그가 쳐다보든 말든, 딩고와 라스티는 재회의 기쁨을 나누느라 정신이 없었다.

"에잇, 제길……!"

라스티가 갑자기 울음보를 터뜨렸다.

죽은 줄 알았던 딩고가 살아 있다는 사실을 확인하는 순간 1년 내내 쌓여 있던 그녀의 마음이 한꺼번에 풀린 것이다.

"어, 갑자기 왜 울어?"

"나 이제 동화책 안 볼 거야! 믿지도 않아!"

"응? 동화책?"

"책에선 이렇지 않아! 주인공이 아무리 이상한 세계에 홀러덩 떨어져도 나중에 가서는 다 잘 먹고 잘산단 말이야! 왕자님들이랑 결혼도 하고! 근데 실제로는 안 그렇잖아! 죽었다 살아나는 건 또 뭐냐고!"

딩고는 뭐라 말도 못하고 그녀를 지켜보기만 했다. 그의 무릎에서 내려온 리엘은 한숨을 싸늘하게 내쉬었다.

"스트레스로 인한 유아적 퇴행이군요."

"어? 그럼 약이 필요한 거 아냐?"

"괜찮습니다. 몽둥이가 약입니다."

딩고는 눈가를 만지며 짜증을 달랬다.

라스티의 울음이 그치지 않자 딩고는 그녀의 앞에 웅크리고 앉았다.

"울지 마. 눈 부어."

리엘이 말리듯 그의 어깨를 덥석 잡았지만 이미 말은 떠난 뒤였다. 어이가 없어 소매를 내린 라스티는 벌겋게 된 눈으로 딩고를 노려봤다.

"말 한번 예쁘게 하네."

"하하."

딩고는 무릎 위에 팔을 댄 뒤 고개를 더 숙였다.

"1년이나 지나서 그런가? 많이 자랐네."

"자라다니? 홍, 성숙해졌다는 말을 써야지."

"어, 그래?"

순간 딩고가 그녀의 볼을 잡고 좌우로 쭉 늘렸다. 그러고는 음식을 가지고 놀듯 전후좌우로 움직여댔다.

"젖살은 아직 안 빠졌네. 우와, 부드럽다. 하하하."

볼을 잡힌 라스티는 팔을 버둥거렸으나 팔 길이의 차이 때문에 꽤 오랜 시간 동안 딩고의 노리개가 되고 말았다.

잠시 후, 딩고는 가장 궁금했던 것을 물었다.

"모두는 잘 있어?"

"다 괜찮아. 모두가 레온의 말을 믿고 널 기다리고 있어. 카라카만 좀 그렇지."

소꿉친구이자 같은 늑대 수인인 '카라카 키샤토'의 이름이 나오자 딩고의 표정에 먹구름이 꼈다.

"카라카? 카라카가 왜?"

"네가 죽을 때 받은 충격 때문에 이젠 싸울 이유가 없다면서 그림만 그리고 있어. 칼은 쇠사슬로 묶어 봉인하기까지 했지."

그녀가 전해준 소식은 죄책감이 되어 딩고의 가슴을 깊게 파고들었다.

자신이 늑대 수인으로서의 마지막 싸움 때 조금만 더 깊고 냉정하게 생각했더라면 이렇게까지 되지는 않았을 거라는 후회도 뒤따랐다.

그래도 이렇게나마 소식을 들으니 딩고의 마음은 한편으로 후련해졌다.

절망할 분위기는 결코 아니었다. 라스티뿐만 아니라 정체가 궁금할 정도로 강력한 붉은 장발의 남자까지 그를 돕기 위해 이곳에 와 있었다.

딩고는 다시 용기를 냈다.

"카라카 말인데, 어디 아프진 않지?"

"응, 건강해."

"다행이네. 그럼 아주머니는?"

라스티의 얼굴이 퍼뜩 변했다. 워낙 신경을 쓰고 있던 터라 딩고는 그녀의 표정 변화를 놓치지 않았다.

"왜? 무슨 일이라도 있어?"

"음… 하긴, 딩고는 모르겠네. 딩고가 몸을 빼앗긴 다음의 일이니까."

몸을 빼앗겼다는 이야기를 들은 리오는 그 이후부터 딩고와 라스티의 대화를 경청했다.

라스티는 벗어뒀던 빨간 빵모자를 털며 이야기를 준비했다. 딩고는 그녀 앞에 바짝 다가앉아 말없이 재촉했다.

"그땐 워낙 경황이 없어서 기억은 잘 나지 않지만, 딩고의 몸을 빼앗은 보먼 슈케르는 자신을 공격한 카라카를 죽이려고 했어. 그런데 크리실 아줌마가 보먼을 주인님이라고 부르면서 따르더라고. 그땐 정말 무서웠어."

"뭐라고?"

카라카의 경우보다 더한 대답을 들은 딩고는 벌떡 일어날 정도로 놀랐다.

"아주머니께서 왜? 그럴 리 없어! 그렇게 간단히 보먼을 따르실 리가 없다고!"

그의 격한 반응에 놀란 라스티는 뒤따라 목소리를 높였다.

"왜 나한테 소리쳐? 내가 그걸 어떻게 알아!"

"둘 다 그만하십시오."

리엘이 둘 사이에 끼어들었다.

"에텔라이저가 자아를 잃고 계약을 무시한 행동을 하는 것은 불가능한 일이 아닙니다."

계약이라는 말이 리오의 귀에 더욱 맑게 들렸다.

'에텔라이저가 계약을 한다고? 아리스톤 합금의 단순한 복제품이 아니란 말인가?'

그는 딩고와 라스티, 리엘에게 가까이 다가갔다.

딩고는 검은 옷을 입은 그 근육질의 사내가 다가오자 상당한 위압감을 느꼈다.

"에테라이저가 자아를 잃었다는 건 정확히 무슨 말이지?"

리오의 질문에 리엘은 대답을 망설였다.

"믿을지, 믿지 않을지는 너희 마음이지만 난 에텔라이저의 기본 구조를 알고 있어. 하지만 에텔라이저가 영혼을 가지고 누군가와 계약을 한다는 사실은 여기서 처음 듣는 말이야."

"도저히 믿을 수 없는 이야기로군요."

리엘이 냉랭하게 말했다.

"아무튼, 에텔라이저가 자아를 잃었다는 것은 간단히 말해 정신이 나갔다는 뜻입니다."

리엘은 손가락으로 자신이 관자놀이 옆을 빙빙 저었다.

"에텔라이저는 감정이 매우 중요합니다. 감정의 기복에 따라서 성능에도 기복이 생기지요. 개인적인 말씀입니다만, 같은 에텔라이저로서 딩고 슈케르님이 계약하신 크리실 델파미스 여사의 상황은 이해할 수 있습니다."

"이해?"

리오의 남은 오른쪽 눈이 일그러졌다.

"자신의 딸이 '아르자발'이고, 특정 목적을 위해서 부친을 희생시키는 모습까지 보였다면 부모로서 정신적인 충격을 피할 수 없을 겁니다. 또한 주인님과의 관계에 얽힌 일까지 한꺼번에 터졌으니 그 상태에서 제정신을 유지한다는 것은 불가능에 가까울 것입니다."

"……."

딩고는 손으로 얼굴을 가리고 한숨을 푹 쉬었다. 손에 가려진 그의 얼굴은 참담하기 그지없었다.

"그럼 크리실 아주머니는 아직도 보먼 슈케르를 따르고 계실까?"

"그것까지는 알 수 없습니다. 하지만 보먼이 주인님의 육체를 사용하고 있는 이상 그럴 가능성이 높지요."

"하아."

괴로운 현실에 딩고는 치를 떨었다.

의식을 회복한 이후 3개월 하고 일주일.

날짜로 대강 따지자면 백 일이 좀 안 되는 시간 동안 그는 꾸준히 희망을 키우며 자신을 추슬렀다. 한편으로는 부족한 정보에서 오는 현실에 대한 두려움이 무럭무럭 자라고 있었다.

두려움이 희망을 집어삼키는 것은 순식간이었다.

아무리 멋진 희망을 품었다 하더라도 현실과 맞지 않음을 깨달아 버리면 그 희망은 물거품처럼 사라질 뿐이었다.

"난 도대체 왜 이런 거지? 이럴 때 뭘 해야 될지 모르겠어. 모든 게 내 탓 같아. 내가 아니었으면 카라카도, 아주머니도 그렇게 되지 않으셨을 텐데……!"

딩고는 심하게 자책했다.

뭔가 위로할 말을 찾지 못한 라스티는 만지작거리던 자신의 모자를 깊게 눌러썼다.

그러나 리엘은 좀 달랐다. 딩고가 슬퍼하는 동안 주위를 살피던 그녀는 적당한 물건을 발견한 뒤 그것을 집어 들었다.

"주인님."

"응?"

딩고가 고개를 드는 순간 둔탁한 소리와 함께 나무 파편이 사방으로 튀었다.

리엘이 건물의 일부였던 것으로 보이는 각목으로 그의 머리를 후려친 것이다.

딩고는 머리를 감싼 채 비명도 못 지르고 땅을 굴러다녔다. 라스티는 갑작스런 폭력 사태에 어이가 없다는 듯 리엘을 쳐다보기만 했다.

에텔라이저에 대해 고민하던 리오조차도 카샤와 함께 황당해했다.

리엘은 남은 나무 토막을 옆에 버리고 손을 털었다.

"아프십니까?"

그 질문에 딩고는 대답하지 못했다. 그 정도로 통증이 심했다.

"제대로 맞으면 누구나 아픕니다. 다만 참고 견딜 뿐입니다. 그와 마찬가지로 주인님과 같은 상황에 처했을 때 자신이 당장 뭘 해야 하는지 떠올리고 움직일 수 있는 사람은 존재하지 않습니다. 있다 하더라도 그런 애늙은이는 보통 재수가 없지요."

"……."

딩고는 구르던 것을 멈추고 리엘을 바라봤다.

분홍색 머리의 소녀, 리엘은 딩고의 머리카락에 붙은 나뭇조각들을 떼며 이야기를 계속했다.

"희망이 큰 만큼 좌절도 크답니다."

딩고의 머리를 정리해 준 리엘은 자신이 각목으로 친 이마를 손으로 토닥거렸다.

"지난 일은 어쩔 수 없습니다. 그러니 주인님은 지금 당장 할 수 있는 일을 하십시오. 그것만으로도 충분합니다."

"……."

딩고의 얼굴은 여전히 흐렸다. 그가 다시 힘을 내려면 시간이 필요하다는 것을 아는 리엘은 그 이상 말하지 않았다.

라스티가 딩고의 손을 잡아 끌어당겼다.

"여기서 이러지 말고 일단 쉬자. 내가 안전한 장소를 마련해 줄게."

"안전한 장소?"

"일단 보기나 해."

라스티는 폐허가 된 가옥들 가운데 제일 멀쩡해 보이는 집을 골라 안으로 들어갔다.

그녀가 집 안에서 오랫동안 주문을 외우자 집 주위에 붉은색의 불덩어리들이 유령처럼 출몰하여 주변을 돌아다녔다.

"우와, 어떻게 한 거야?"

딩고가 감탄했다.

'정령결계로군. 이쪽 세계의 마법은 정령의 도움을 받는 기술이 발달되어 있는 게 분명해.'

한편, 라스티가 자랑하듯 어깨를 으쓱하며 대답했다.

"나의 아름다운 보초들이지."

"보초?"

검의 모습으로 딩고의 등에 붙어 있는 리엘이 설명을 덧붙였다.

"정령결계입니다."

리오의 판단과 일치하는 대답이었다.

"정령을 불러 마법사가 목표로 한 물건을 지키게 하는 마법이지요. 정령들의 숫자를 보니 라스티님은 정말 대단한

존재하지 말아야 하는 자 183

마법사이신 것 같습니다."

"흐흐흐."

라스티의 표정이 기고만장해졌다. 그러나 리엘은 남을 그냥 칭찬할 만큼 좋은 성격의 소유자가 아니었다.

"인간 친구보다 정령 친구가 더 많은 경우라니… 후후."

리엘의 목소리에 조소가 섞였다.

"뭐? 닥쳐!"

흥분한 라스티는 혈압에 눈이 먼 듯 무서운 얼굴로 마법진을 마구 그렸다.

딩고가 대충 수습한 덕분에 큰일은 일어나지 않았지만 이번 일은 앞으로 있을 고난의 시작에 불과했다.

라스티는 정령결계로 보호된 집 안에서 짐을 풀었다. 딩고는 가방에서 옷가지와 식량을 꺼내는 그녀를 보고 조심스레 물었다.

"짐을 푸는 건 좀 이르지 않아?"

"내 실력을 못 믿는 거야?"

"아니, 그건 아니지만……."

라스티가 눈을 부릅떴다.

"설마 도망칠 생각은 아니겠지?"

"이봐, 리엘이 말했잖아. 마르코 슈플리에라는 고등급 그람로니언이 올 거야. 그가 정말 강하다면 문제가 심각할 거라고. 우리뿐만 아니라 이 도시의 사람들이 몰살을 당할지도 몰라."

그러자 라스티가 실소를 터뜨렸다.

"저 사람이 어떻게 싸웠는지 벌써 잊은 거야?"

그녀가 리오를 가리켰다.

그의 초인적인 전투 능력을 분명 목격하긴 했지만 마르코 슈플리에의 능력을 모르는 딩고로서는 자신있게 그를 믿을 수가 없었다.

라스티는 다시 손을 움직였다.

"레온 라이온하트가 믿고 이곳으로 보낸 자야. 내가 보장하지만 분명 보통 인간이 아니라고."

"하지만 마음에 걸리는 건 사실이잖아?"

"그냥 잠자코 쉬기나 해, 딩고. 누군가에게 의지하는 방법도 알아야 어른이 될 거 아냐?"

딩고는 그냥 바라보기만 할 뿐, 아무 말도 하지 않았다.

'괜찮을까?'

딩고는 리오를 물끄러미 봤다. 리오는 믿든 말든 마음대로 하라는 식으로 한숨을 쉬었다.

그때였다.

"이보시오. 안에 계시오?"

노인의 목소리가 문밖에서 들렸다. 라스티는 나가지 말

라는 눈짓을 보냈지만 딩고는 괜찮다며 고개를 끄덕인 뒤 문을 열었다.

문 밖에는 남루한 옷차림의 노인이 네 명 있었다. 모두 다 지팡이에 신세를 지지 않으면 오랫동안 서 있기도 힘들 정도의 고령이었다.

딩고가 나오자 가장 앞서 있던 대머리의 노인이 인사했다.

"처음 뵙겠소, 젊은 여행자여. 우린 이곳 로펠러의 난민을 이끄는 자들이오. 이렇게 갑작스럽게 찾아온 것에 대해 깊이 사과드리는 바이오."

"아, 예. 그런데 무슨 일로 오셨나요?"

딩고가 묻자 노인은 힘겹게 숨을 내쉬었다.

"우리는 도움을 줄 사람이 절대적으로 필요하다오."

"어떤 일인가요?"

딩고가 착하게 물었다.

"그람로니언의 주둔지에 잡혀 있는 사람들을 구해주시요. 모두 젊은이들이고, 우리는 젊은이들이 없으면 아무것도 할 수 없다오. 이 폐허에 있는 사람들은 전부 노약자들 뿐이란 말이오."

"구할 사람들이 존재하긴 합니까?"

리오가 그들에게 고개를 내밀며 공격적으로 질문했다.

노인은 고개를 끄덕였다.

"물론이오. 그람로니언들은 이 도시뿐만 아니라 주변의 작은 도시나 마을 등을 돌아다니면서 사람들을 사냥한다오."

"음......"

머리를 긁적인 딩고는 고개를 칼자루가 있는 오른쪽으로 돌렸다.

"리엘, 괜찮을까?"

"제가 무슨 말씀을 드려도 주인님께서는 가시려 하시겠지요. 마침 시험해 보고 싶은 것도 있으니 가보는 것도 좋을 것 같습니다."

"시험?"

"그런 게 있습니다. 보채지 마십시오."

"아, 응. 미안."

무안을 당한 딩고는 멋쩍게 웃었다. 노인들은 그 검은 머리의 청년, 딩고보다 자신들 앞에 당당히 서 있는 붉은 장발의 남자가 더 믿음직했지만 찬밥 더운밥 가릴 신세가 아닌 그들로서는 그저 믿는 수밖에 없었다.

"그럼 가자, 라스티."

딩고의 상쾌한 미소를 본 라스티는 파란색 눈동자가 예쁜 눈을 끔뻑끔뻑했다.

"어딜?"

"사람들을 구하러."

"나, 난 됐어! 혼자 가! 죽으려면 혼자 죽으란 말이야!"

"난 길 몰라."

"이 사람들한테 물어보면 되잖아!"

"아, 그러네."

딩고와 라스티의 시선이 노인들 쪽으로 움직였다. 그 순간 들린 것은 노인들의 심한 기침 소리였다.

"쿨럭, 쿨럭……! 이 나이가 되니 기억도 가물가물해져서……."

"기억이랑 기침은 상관없잖아요!"

그러나 노인들의 기억은 돌아오지 않았다.

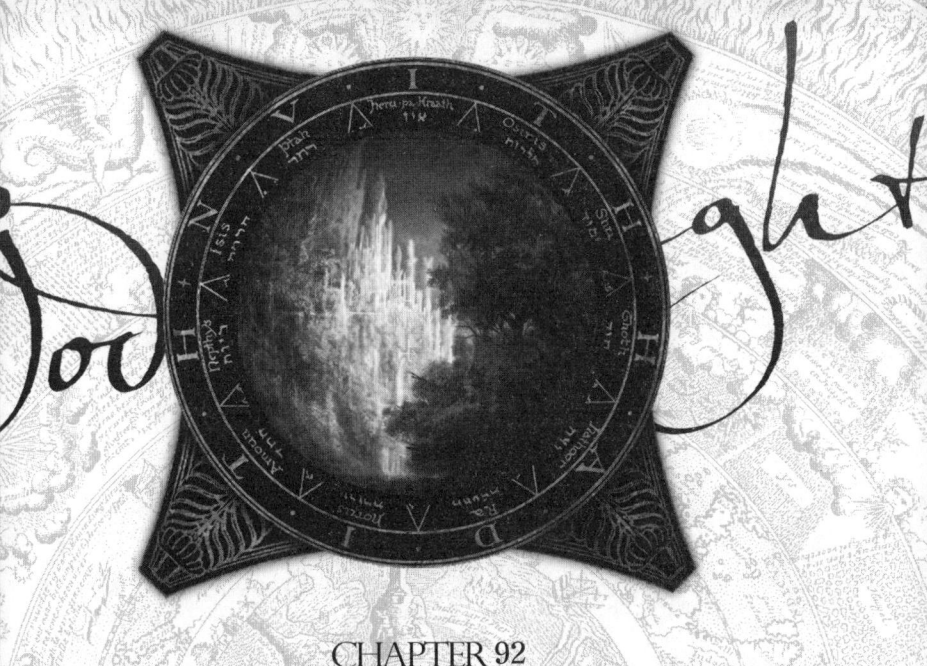

CHAPTER 92
검은 날개 기사단

리오는 사람들을 구하러 가자는 딩고의 제안을 단칼에 거절했다.
 "난 너를 구하러 왔지, 다른 사람들을 구하러 온 게 아니야. 부탁하고 싶으면 그에 맞는 대가를 지불하라고. 돈이든 뭐든."
 그의 냉랭한 태도에 실망한 딩고는 결국 라스티와 단둘이서 사람들을 구하기로 결정했다.
 둘이 떠난 이후, 카샤는 리오를 보고 넌지시 물었다.
 "자네, 일부러 그런 거지?"

"음."

리오는 땔감으로 쓸 나뭇조각들을 골라보며 고개를 끄덕거렸다.

"지금 우리가 엮인 이 일은 말이지, 내가 처음부터 끝까지 맡아서 해결한다 해도 몇 개월 이상 걸릴 만큼 큰일이 분명해. 꼬여서 돌아가는 꼴이 보통이 아니거든."

카샤는 뒷짐을 진 채 꼬리를 살랑거리며 리오를 따라갔다.

"그럼 그 딩고라는 젊은이를 적극적으로 도와주는 게 낫지 않겠나? 그래야 일이 빨리 끝날 텐데?"

"그러면 너를 빨리 내보내줄 수 있을까? 난 장담할 수가 없어. 우리를 이곳으로 보낸 놈부터 믿을 수가 없지."

"그렇다면……."

"이건 그냥 시간 끌기일 가능성이 커."

리오는 손에 들었던 나무토막을 다시 떨구며 카샤를 돌아봤다.

"에텔라이저라는 물건 자체가 문제야. 하이볼크 신계의 역사에서 에텔라이저는 아리스톤이라는 금속의 제조기술을 누군가가 어설프게 훔쳐서 만든 물질이야. 그리고 에텔라이저는 끝까지 회수하지 못했지."

"회수를 못했다고?"

"기록에 없어."

리오는 자신의 머리를 검지로 툭툭 두드렸다.

"내 기억이 확실하다면 말이야."

"그럼 우리는 어찌 되는 건가?"

"일을 해결하는 건 사실 아주 간단해. 이 세계를 통째로 날려 버리면 그만이야."

카샤의 머리털과 꼬리가 바짝 섰다.

"세계를 멸망시키겠다고?"

"그럼 에텔라이저든 뭐든 고민할 필요가 없어지지. 어차피 상관없잖아? 여긴 실제 세계가 아니라 아카식 레코드에 의해 재생되고 있는 가상의 세계란 말이야."

"그건 그렇네만……."

"우리는 아카식 레코드에 기록된 사실대로 따졌을 때 이 세계에 있을 수 없는 존재들이야. 난 태어나지도 않았고 넌 아예 다른 세상 사람이지. 너, 혹시 너무 실감이 나서 잊어버렸나 본데 여기 있는 놈들에게 정을 줄 필요는 없어. 실제로는 존재하지 않는 놈들이니까."

"그, 그렇지. 음음."

카샤는 사색이 된 채 고개를 끄덕거렸다.

"구조대가 오기를 기다리는 게 더 빠를 거야."

"구조대?"

"너와 엠프레스가 여기 왔던 것처럼 말이야. 엠프레스가 네 능력을 빌렸다고 했지?"

"그렇다네."

"빌릴 만한 능력을 가진 존재가 내가 알기로 한 명, 아니 두 명 정도 있지. 쉬프터들이 너와 나를 구할 생각이 있으면 분명 그들에게 도움을 청할 거야."

사색이었던 카샤의 얼굴이 더욱 안 좋아졌다.

"그들에게 구할 생각이 없다면?"

"그럼 우리가 생각을 좀 해봐야겠지."

리오는 나무토막을 다시 들었다.

*　　　*　　　*

그람로니언의 진지는 로펠러의 수도로부터 걸어서 한 시간 정도 떨어진 초원에 위치했다.

사람들에게 받은 지도를 따라 그곳에 도착한 딩고는 근처의 큰 바위에 몸을 숨기고 진지를 살폈다. 석양을 등지고 있었기에 들킬 염려는 적었다.

"정말 많네. 대충 살펴봐도 300명 가까이 돼."

풀밭에 앉아 다리를 풀던 라스티는 그것 보라는 듯 어깨를 들썩했다.

"거봐. 우리 둘이서 어찌할 상황이 아니라니까? …그런데, 이 거리에서 보여?"

라스티는 벌떡 일어나 진지 쪽을 봤다.

그녀의 눈엔 천막 모양의 작은 물체 몇 개가 옹기종기 모인 것으로밖엔 보이지 않았다.

딩고는 평소대로 솔직히 대답했다.

"나도 잘 모르겠지만 확실하게 보여. 그리고 붙잡힌 사람들 역시 잘 보여. 꽤 많은 숫자야. 게다가 놀랍게도 모두 건강해. 배고파 보이는 사람조차 없어. 다들 정신적으로 지친 것뿐이야."

"어, 정말?"

검의 형태를 한 리엘이 둥실 떠올랐다.

"그람로니언은 번식 능력을 갖춘 생물이 아닙니다. 그들은 인간을 그람로니언으로 바꾸는 것 외엔 개체수를 늘릴 방법이 없습니다. 자의든 타의든 저 인간들은 앞으로 그람로니언이 될 것입니다. 앞으로 동료가 될 자들의 건강을 챙기는 것은 훌륭한 투자지요."

라스티의 얼굴에 씁쓸한 미소가 번졌다.

"흥, 많이도 아네? 그럼 이제 어떻게 해야 하는지 말씀 좀 해보시지?"

"원하신다면."

리엘은 자루 끝으로 딩고의 손등을 두드렸다. 자신을 잡으라는 신호였다. 그녀의 요구대로 검을 잡은 딩고는 다음을 기다렸다.

"이제 콜드 브레스의 사용을 허가하겠습니다."

"콜드 브레스?"

그 단어를 처음 듣는 라스티는 고개를 갸웃했지만 딩고의 얼굴은 파랗게 굳어졌다.

"괜찮을까? 힘의 소모가 너무 심하면 나와 리엘 모두 위험해 지잖아?"

딩고의 이야기는 에텔라이저가 보유한 에너지의 양에 관한 것이었다.

"지금은 원거리 공격으로 적의 수를 줄일 수 있을 만큼 줄이는 것이 중요합니다. 그리고 에너지에 관한 것은 신경쓰지 마십시오. 그람로니언을 몇 명만 처리하면 에너지는 금방 보충할 수 있습니다."

그람로니언의 생명력을 흡수하여 에너지를 보충하는 것도 에텔라이저의 기능 중 하나였다.

"그럼 마법은 어때?"

라스티가 씩씩하게 일어났다.

"이 정도 거리라면 대형 마법도 충분히 쓸 수 있어. 내 마법 한 방이면 저 진지의 절반은 날아갈걸?"

"자신있으시군요."

리엘이 딩고의 손을 벗어나더니 인간의 모습으로 변해 땅을 밟았다.

그녀의 인간형은 백색의 두툼한 법복을 입은 소녀였는데, 붓처럼 짧고 두툼한 연분홍색의 트윈 테일 머리는 매우 귀여웠다.

그러나 표정에 서린 엄중함은 라스티의 거센 성격마저도 억누르기에 충분했다.

라스티 앞에 선 그녀가 팔짱을 꼈다.

"그 대형 마법의 적중률을 말씀해 보십시오."

"저, 적중률?"

예상치 못한 질문에 당황한 라스티는 대답하지 못했다.

오랫동안 대답을 기다리던 리엘은 이윽고 고개를 설레설레 저었다.

"당신께서 사용하시려는 마법, '이그니스 드랍'은 불의 마법도서인 '이그니스 시리즈'에 소개된 고위 마법입니다. '오브제'에 속하는 당신이라면 문제없이 사용할 수 있지만 적중률이 떨어지는 단점이 있습니다. 아무리 전설적인 마법사라 하더라도 목표에 정확히 떨어뜨릴 확률은 3할도 채 되지 않지요."

"어… 어?"

라스티는 반박할 말을 찾지 못하고 원초적인 신음 소리만 냈다. 리엘의 지적이 너무 정확했기 때문이다.

"정말 돕고 싶으시다면 이 마법을 사용하십시오."

리엘은 검지를 들고 팔을 한 바퀴 빙글 돌렸다. 붉은색의 빛이 그녀의 손가락을 따라 움직이더니 커다란 고리를 만들었다.

그녀는 고리 안에서 쉴 틈 없이 손을 움직였다. 그러자 순식간에 대형 마법진이 만들어졌는데, 리엘은 마법진의 마무리를 일부러 짓지 않고 손가락을 멈췄다.

"기억하실 수 있겠습니까?"

"대, 대충. 그런데 이건 뭐야? 이그니스 시리즈 같긴 하지만 처음 보는 마법이야!"

"스탬프 오브 이그니스(Stamp Of Ignis). 이그니스 시리즈의 최고위 마법입니다."

라스티의 말문이 다시 막혔다.

"스탬프 오브 이그니스라고? 거짓말이겠지! 그건 이름만 존재하는 전설의 마법이라고!"

리엘의 오른쪽 눈썹이 찌릿했다.

"제가 왜 그 마법을 알고 있는지 궁금하신 것 같군요."

"당연하지!"

라스티는 고개를 끄덕끄덕했다.

"스탬프 오브 이그니스는 책 뒤편에 이름만 언급된 마법이야. 지금 보여주고 있는 마법이 정말 스탬프 오브 이그니스인지 난 믿을 수 없어. 증명해 봐!"

그녀가 목소리를 높이자 딩고가 당황했다. 그녀의 목소리는 발각되기에 충분할 만큼 컸다.

안전을 위해 마법진을 완전히 제거한 리엘은 곁에 있는 작은 바위에 걸터앉았다.

"에텔라이저가 되기 위해서는 한 가지 조건이 필요합니다. '데모리언의 전승'이라는 마법을 사용할 수 있을 만큼 높은 정신능력을 갖춰야만 하지요."

데모리언의 전승은 라스티도 알고 있는 마법이었다.

데모리언이 무엇인지, 누구를 지칭하는 말인지 아는 사람은 없지만 그 마법을 통해 생로병사라는 인간의 한계를 초월할 수 있다는 점은 마법사들 사이에서 매우 유명하다.

실제로 데모리언의 전승을 통해 육체를 벗어나 '에텔'로 승화한 마법사는 상당수 존재했다.

그러나 영생을 할 수 있음에도 불구하고 300년 이상 살아남은 에텔은 존재하지 않았다. 자연적으로 소멸된 것인지, 아니면 제거된 것인지 정확히 아는 자는 없었다.

물론 일반적인 지식선상의 이야기였다.

리엘의 이야기가 계속됐다.

"저는 에텔이 되기 전에 인간이었고 또한 마법사였습니다. 이그니스 시리즈의 저자인 리할트 이그니스는 저의 후배이자 강력한 동료였지요. 스탬프 오브 이그니스는 그때 익힌 것입니다."

"……."

그녀가 인간 마법사였다는 사실은 라스티도 대충 아는 사실이었지만 의심을 떨칠 만한 설명이 되진 못했다.

그녀가 대번에 믿을 거라 기대하지 않았던 리엘은 미련 없이 자리에서 일어났다.

"그러면 관둡시다. 라스티님은 여기서 기다리십시오."

"어? 잠깐! 기다려!"

"가시지요, 주인님. 괜히 껴드는 자는 상대할 가치가 없습니다."

검의 모습으로 변한 리엘은 자루 끝으로 딩고의 손등을 쿡쿡 찔렀다.

딩고는 라스티의 이글거리는 눈총을 온몸으로 받아내며 리엘을 잡았다.

그는 서두르고 있었다. 조금 있으면 석양이 완전히 사라지고 발각될 확률이 높아지기 때문이었다.

은신에 익숙한 딩고는 몰라도 라스티는 그람로니언 경비병의 눈을 피하기가 힘들었다. 그녀의 장점은 마법이지 생존은 아니었다.

그의 속을 모르는 라스티는 무시당했다는 생각에 감정을 폭발시켰다.

"이봐! 그럼 난 여기 왜 데려온 거야!"

딩고가 급히 그녀의 입을 막았다.

"읍! 으으으읍!"

그녀가 고개를 마구 돌리며 저항하자 딩고는 정말 오래간만에 화라는 것을 냈다.

"알았으니 그만해! 여기서 들키면 정말 끝장이라고!"

의외의 박력에 놀랐는지 라스티는 물벼락을 맞은 듯 조용해졌다. 멀리 보이는 그람로니언들의 진지에 아무런 변화가 없음을 확인한 딩고는 안도의 숨을 내쉬었다.

"입을 막은 건 미안해. 이제 손을 뗄 테니까 하고 싶은 걸 말해봐, 알았지?"

그녀가 고개를 끄덕였다. 딩고는 조심스레 손을 떼었다.

라스티는 진심으로 말했다.

"나도 같이 싸울래."

딩고는 지그시 웃었다. 한때 수인이었다가 인간의 모습을 갖게 된 그 소년의 미소는 확실히 매력적이었다.

"그건 안 돼."

"왜!"

"쉿."

딩고는 손으로 소녀의 빨간 베레모를 꾹 눌렀다.

모자에 눈이 파묻힌 라스티는 손으로 모자 좌우를 잡고 벗으려 했으나 딩고는 모자를 누른 손을 떼지 않았다.

"고집부리지 말고 잘 들어. 지금 내가 쓸 첫 공격이 실패하면 그땐 정말 수습하기 힘든 일이 벌어질 거야. 난 마법에 대해서 잘 모르지만 네가 있다고 해서 간단히 해결될 수 있는 상황은 아니라고 생각해."

"그래서? 혼자 죽을 생각이야?"

"죽으려면 혼자 죽으라고 네가 그랬잖아?"

라스티의 몸이 꿈틀했다. 당황한 그녀는 잠시 동안 가만히 있다가 목소리를 올렸다.

"이봐, 그건 그냥 나온 말일 뿐이야! 남자답지 않게 왜 그런 걸 마음에 품고 있어?"

"어라? 남녀차별하지 마."

그런 말을 남자에게 들은 라스티는 신선한 충격을 받았다.

딩고가 모자를 놓아주었다.

라스티는 얼른 모자를 들어 눈을 자유롭게 했다. 회복된 그녀의 시야에 가장 먼저 들어온 것은 뭐가 그리 좋은지 빙긋이 웃고 있는 딩고의 하늘색 눈동자였다.

"난 죽지 않아."

그는 목에 건 머플러를 풀어 라스티의 목과 어깨에 감았다.

"감고 있어. 알았지?"

소녀의 심장이 울컥했다.

"뭐야, 이거? 유품이야? 요즘 애들 치고 이런 걸로 멋을 느끼는 사람은 없어! 겨우 이런 천 쪼가리 따위로 이 라스티 마프론의 관심과 걱정을 살 수는 없다고!"

"응? 다른 뜻은 없어."

딩고는 솔직하게 말했다.

"귀한 선물인데 바위 위에 올려놓기도 그렇잖아. 하하하."

바짝 굳은 라스티의 눈가에 분노의 물기가 맺혔다.

'짐승 같은 자식!'

라스티를 놓아준 딩고는 저편으로 걸어가며 손을 흔들었다.

"가서 기다리고 있어. 꼭 돌아올게."

소녀는 후끈거리는 볼에서 손을 떼고 외쳤다.

"그걸 어떻게 믿어! 이길 확률이 없잖아!"

"확률?"

딩고는 걷던 것을 멈추고 잠시 하늘을 쳐다봤다. 무슨 말을 하면 좋을까 고민하던 그는 뭔가 떠오른 듯 다시 웃으며 말했다.

"3년 전을 생각해 봐. 더도 말고 딱 3년 전."

"3년 전?"

라스티는 고개를 좌우로 움직였다. 그녀의 풍성한 금발이 목의 움직임에 따라 오르락내리락했다.

"그게 뭐 어쨌는데? 당시 난 마법기사단 일 때문에 골머리를 썩고 있었어. 너와는 아무 관계도 없다고."

"그래, 맞아. 날 만날 줄은 꿈에도 몰랐겠지?"

라스티의 표정이 풀렸다. 딩고는 그렇지 않느냐고 묻듯 연신 고개를 끄덕여 댔다.

이윽고, 소녀의 입가에 어색한 미소가 번졌다.

"건방지게시리……."

소녀는 짧게 손을 흔들어준 뒤 왔던 길을 되돌아갔다. 딩고는 곧 그람로니언의 진지를 주시하며 걸음을 옮겼다.

터벅터벅 걷던 라스티의 눈앞에 시커먼 그림자가 들어왔다.

그 그림자의 주인이 그람로니언일 것이라 생각했던 라스티는 바짝 긴장했지만 뒤이어 바람에 펄럭거린 붉은 장발과 회색의 망토가 그녀를 안심시켜 주었다.

"어머, 오셨네요? 누가 돈이라도 쥐어주던가요?"

"음, 그 전에 좀 듣고 싶군."
리오가 돌이라도 씹은 얼굴로 말했다.
"저 녀석, 원래 늑대 수인인 게 확실하지?"
"그런데요?"
"주제에 맞게 개소리를 하는군."
"……."
"자기를 만날 줄은 꿈에도 몰랐을 거라고? 녹음해 뒀다가 저놈이 어른이 됐을 때 다시 들려주고 싶군. 들은 내가 다 부끄러울 정도야."
라스티는 그 말을 멋있다고 생각한 자신이 뭐가 되냐며 반문하고 싶었으나 리오의 분위기가 하도 살벌하여 그러지는 못했다.
"그 말을 하러 여기까지 오셨나요?"
"구경하러 왔지. 왠지 재밌는 일이 생길 것 같아서 말이야."
"흥."
라스티는 콧방귀를 쳤지만 속으로는 안심이 됐다. 만약의 경우 도움을 청할 만한 사람이 와줬기 때문이다.
리오는 자신에게서 등을 돌린 라스티를 차가운 눈으로 살폈다.
'저 꼬마가 오브제라고 했지? 그리고 에텔이라……. 이제 뭐가 어떻게 돌아가는지 좀 알겠군. 이 이야기의 끝은 과거에 탄핵된 신, 그람로어의 부활이야. 이거 잘하면 내가 제일 싫어하는 여자를 만나게 되겠군.'

리오는 들리지 않게 키득키득 웃었다.

그의 어깨에 매달려 있는 카샤는 그의 흉악한 미소가 조금 무서웠지만 처음 만났을 때처럼 부담스럽지는 않았다.

한편, 딩고는 리오가 온 줄은 꿈에도 모른 채 그람로니언들의 주둔지 쪽으로 계속 이동하고 있었다.

"여기서 멈추십시오."

리엘의 안내에 따라 멈춘 딩고는 검을 양손으로 단단히 잡고 자세를 낮췄다.

"콜드 브레스에 대한 설명이 필요하십니까?"

"리엘은 그저 등불이고 그것을 어디에 어떻게 비추는지는 나에게 달린 거지. 또 있어?"

"충분합니다. 그럼 시작하겠습니다."

검신의 중앙이 좌우로 열리면서 그 틈으로부터 빛이 뿜어졌다. 딩고는 빛이 조금이라도 새는 것을 막기 위해 허리를 돌려 검을 등 뒤에 위치시켰다.

검으로부터 뿜어지는 압력이 점점 올라갔다. 딩고를 중심으로 초원의 짧은 풀들이 사납게 춤을 췄다.

딩고의 눈이 조금씩 가늘어졌다. 도중에 눈을 부릅뜬 그는 머리를 흔들어 정신을 집중했다.

"최대한 강하게 했는데… 좀 어지럽네?"

"일종의 빈혈이라고 생각하십시오. 저와 주인님은 하나의 에텔라이저에 몸을 담고 있습니다. 에너지를 공유하는 만큼 주인님도 힘들어지시는 겁니다."

"그래? 리엘도 힘든 거야?"

"원래 꽃은 바람에 흔들리며 피는 법입니다."

"……?"

딩고는 눈썹을 위로 올렸다 내리는 것으로 잠시 피어오른 의문을 접었다.

"콜드 브레스, 임계점에 도달했습니다."

"좋아."

그의 자세가 좌에서 우로, 위에서 아래로 변했다. 몸의 움직임을 눈의 하늘색 잔광이 어지러이 뒤쫓았다.

진지의 천막 중 하나가 그의 눈에 들어왔다. 가장 크고 넓은, 딱 봐도 수십 명 이상이 사용할 수 있을 것 같은 대형 천막이었다.

뒤로 한 번 텀블링을 한 딩고는 몸에 담긴 탄력을 완벽히 살려 땅을 박차고 나갔다.

검을 오른쪽 어깨에 진 채 야수처럼 초원을 질주하던 그가 순간 공중으로 뛰어올랐다.

그의 어깨와 허리, 둔부로 이어지는 라인이 활처럼 휘어졌다. 동시에 검에 응축됐던 에너지가 방금 터진 화산의 용암처럼 폭발적으로 흘러나왔다.

"가라!"

막대한 힘이 도달한 곳은 땅이었다. 검끝과 함께 땅에 충돌한 에너지는 거대한 혜성이 되어 지면을 일직선으로 할퀴었다.

빛이 진지를 가로질렀다. 평화로이 쉬던 그람로니언들 중 상당수가 무슨 일을 어떻게 당하는지도 모른 채 에너지 속에서 분해됐다.

아비규환을 만든 장본인, 딩고는 어지러움을 최대한 참으며 일어났다.

"시작할까?"

마르코 슈플리에가 눈을 뜬 것은 딩고의 콜드 브레스가 진지를 휩쓴 직후였다.

이른 잠을 방해받은 그는 일어나자마자 자신을 덮친 심한 두통에 머리를 만졌다. 연한 갈색의 가느다란 손가락이 우윳빛 머리카락 사이에서 헤엄쳤다.

대부분의 그람로니언은 회색의 피부를 가지고 있다. 검은색에 가까운 회색부터 백색에 가까운 회색까지 다양하지만 마르코의 피부색은 특이하게도 갈색이다.

그가 눈을 떴다. 속눈썹이 파르르 떨렸다.
"에텔라이저인가……?"
중얼거림이 끝나기 무섭게 검은 갑옷의 그람로니언들이 막사 안으로 쳐들어왔다.
"장군님! 적의 기습입니다!"
"아군의 피해는?"
"사냥부대는 상당수가 사망했습니다! 우리 기사단도 십여 명 정도가……!"
"그럼 적은 몇 명인가?"
"아직 알 수 없습니다!"
"그렇군."
마르코는 이불을 걷고 자리에서 일어났다. 거구의 수인들에게도 지지 않을 만큼 건장한 부하들과 달리 그는 놀랍게도 인간의 청소년과 비슷한 키에 호리호리한 몸매를 자랑했다. 하지만 루비처럼 붉은 눈동자에서 뿜어지는 위압감은 그가 2계급의 그람로니언이라는 사실을 의심치 못하게 할 만큼 강력했다.
"갑옷을."
"예!"
그람로니언들은 막사 한편에 걸린 검은색의 갑옷들을 마르코 앞에 대기시켰다.

마르코는 좌우로 팔을 벌렸다. 부하들은 능숙한 솜씨로 갑옷을 입혀주었다. 몸, 다리, 장화, 팔, 손이 차례로 갑옷에 뒤덮였다. 마지막으로 그의 몸뚱이만큼이나 큰 역삼각형의 어깨갑옷이 그의 양어깨를 장식했다.

그가 갑옷을 입는 동안 막사 밖에서 그람로니언들의 거친 비명이 연신 터졌다. 그러나 마르코와 그의 부하들은 서두르지 않았다. 그들은 검은 날개 기사단이 저런 저급한 비명을 지르며 죽을 리가 없다고 굳게 믿고 있었다.

장비를 끝낸 그의 손에 창이 들렸다. 대검(大劍) 두 개의 자루를 서로 붙여 만든 듯한 형태의 창은 불길한 선홍색을 띠고 있었다.

부하들과 함께 막사를 나선 그가 가장 먼저 본 것은 칼같이 정렬한 자신의 부대였다. 무표정한 얼굴로 고개를 끄덕인 마르코는 소란이 일어난 곳으로 향했다.

막사 몇 개를 지나 현장에 도착한 그의 눈에 엉망으로 널브러진 연황색 갑옷들이 들어왔다.

갑옷 안에 내용물은 없었다. 회색의 육체를 대신하고 있는 것은 식어가는 공기뿐이었다.

마르코의 눈이 커졌다.

'텅 빈 갑옷… 타는 냄새, 에텔라이저가 확실하군.'

"아, 장군님! 저길 보십시오!"

옆에 있던 그람로니언이 손을 들어 어느 지점을 가리켰다.

그곳에는 검은색의 옷을 입은 청년이 서 있었다. 가죽 재질로 보이는 검은색 옷에 바람의 정령이 만져준 듯한 검은색 머리가 인상적이었다. 물론 마르코의 시선을 끄는 것은 청년의 외모가 아니었다. 그가 오른손에 들고 있는 양손검이었다.

붉은색의 두꺼운 심지가 박힌 검의 외양에 마르코의 눈빛이 일그러졌다.

'저 에텔라이저는? 어째서 이 세상에 다시 나타난 거지? 저 검은 분명 400년 전에 지옥으로 떨어졌을 텐데?'

"장군."

돌격용 창을 든 그람로니언이 그를 부르며 다가왔다. 오늘 아침에 홍련의 오브제, 라스티를 사냥하려 로펠러의 폐허로 갔다가 딩고에게 부하 몇 명을 잃은 그 지휘관이었다.

"무슨 일인가?"

"예. 저 남자, 아침에 말씀드렸던 머리사냥꾼입니다."

"머리사냥꾼?"

마르코는 다시 한 번 갑옷의 폐허를 살폈다. 갑옷의 다른 부위는 제자리에 있었지만 투구들은 으깨지거나 쪼개진 채 사방에 널려 있었다. 투구 말고 다른 부위가 깨진 경우가

검은 날개 기사단 211

있기는 했지만 비율에서 상대가 되지 않았다.

"과연 그렇군. 별명 그대로야."

"그런데 좀 이상합니다. 도망을 칠 가능성은 생각했었지만 기습을 하리라고는……."

"어찌 됐든 상관없어. 지금 잡으면 되니까."

부하의 말을 가로막은 마르코는 뒷목을 주무르며 딩고가 있는 곳으로 움직였다.

"그것보다 홍련의 오브제가 걱정이군. 자네 말을 들어보니 머리사냥꾼과 그녀가 한패인 것 같은데, 저자가 그녀를 도피시킬 시간을 벌기 위해 왔을 수도 있지 않겠나?"

"하지만 장군, 아르자발님은 머리사냥꾼에 대한 처리를 더욱 중요하게 여기고 계십니다."

마르코는 발길을 멈추고 지휘관을 노려봤다.

"어디서 아르자발님이라고 하는 건가?"

"아, 용서해 주십시오."

지휘관은 허리를 굽혀 사죄했다. 하나 마르코는 불쾌감을 지우지 못했다.

"망령들과 꼭두각시놀음이나 하는 계집의 생각 따윈 중요치 않아. 우린 오브제를 회수해서 그 계집에게 갖다주고 신계의 문을 열면 돼. 그러면 끝이지."

아르자발에 대한 그의 발언은 매우 위험했지만 두려워하

거나 밀고를 생각하는 자는 아무도 없었다. 어차피 계급이 같기 때문에 군법에 회부된다 하더라도 경고만 받고 끝날 뿐이었다.

그때였다.

"장군!"

누군가가 그를 부르며 뛰어왔다. 그는 쓰러진 자들과 똑같이 연황색의 갑옷을 입고 있었는데, 조금 더 웅장한 갑옷의 형태와 머리에 꽂은 붉은 깃털이 그가 일반 병사가 아님을 증명해 주었다.

"무슨 일인가?"

짜증 섞인 마르코의 대꾸에도 불구하고 남자는 거의 절을 하다시피 그의 앞에 무릎을 꿇었다.

"도와주십시오, 장군! 이대로 가다간 저희 부대가 전멸당합니다!"

"그래서 지금 걷고 있지 않나?"

"좀 더 적극적으로 임해주십시오! 검은 날개 기사단을 움직여 주시기 바랍니다!"

"기사단을? 어리석은 친구로군."

"예?"

그가 고개를 번쩍 들었다. 그가 본 마르코의 표정에는 무지한 자에 대한 극도의 분노가 서려 있었다.

"상대를 파악하는 것은 전투의 기본이거늘, 자네는 그 기본조차 실행하지 않는단 말인가? 그러고도 명예로운 그람로니언 장교란 말인가?"

"……."

땅을 짚은 장교의 손가락에 힘이 들어갔다. 미약한 반항이었지만 마르코는 그것을 용서치 않았다. 그대로 발을 들어 그의 손을 짓밟았다.

"읍!"

"듣게. 머릿수가 많으면 유리한 것은 어떤 전투에서나 통하는 진리지만 다수의 그람로니언이 에텔라이저를 든 극소수에게 백병전을 시도하는 것은 바보짓이야. 그람로니언을 베면 오히려 힘을 회복하는 것이 에텔라이저와 그 소유자가 아니던가?"

"아……."

"어서 병사들을 물리게. 저자는 내가 처리하지."

"예, 알겠습니다!"

장교는 마르코의 지시대로 뿔피리를 불어 후퇴 명령을 내렸다. 패닉 상태로 싸우던 병사들에게는 그 소리가 천상의 음악과도 같았다.

딩고는 물러나는 병사들을 쫓지 않았다. 리엘이 미리 해둔 조언 덕분이었다.

"그가 옵니다."

그녀의 경고에 딩고의 눈매가 더욱 매서워졌다. 그는 자신에게 곧장 다가오는 마르코를 보며 중얼댔다.

"저자가 마르코?"

"그렇습니다. 2계급 그람로니언이자 검은 날개 기사단의 우두머리, 마르코 슈플리에입니다. 이제까지의 적과는 차원이 다른 존재이니 절대 주의하십시오."

좋은 귀로 그들의 대화를 엿들은 마르코는 흥미롭다는 듯 자신의 곱상한 턱을 매만졌다.

"아무래도 우린 구면인 것 같군, 에텔라이저. 내 기억이 정확하다면 넌 보먼 슈케르의 하인이었던 것 같은데? 맞나?"

딩고의 얼굴이 확 변했다. 전의로 가득했던 그의 표정이 겨울 호수처럼 창백해지더니 이내 황망함에 젖어들었다.

"무슨 소리야, 리엘?"

잠시 침묵이 흐른 뒤 리엘이 말했다.

"기억력이 좋으시군요."

리엘의 목소리는 차가웠다.

"그럴 수밖에 없지 않을까? 너와의 논쟁은 즐거웠지. 그리고 난 너와 보먼 슈케르에게 목이 날아갔어. 잊을 수 있을까?"

"다시 달린 머리가 어지간히 거추장스러우신 것 같군요. 그럼 또 한 번 날려드리지요."

리엘의 말 끝이 미세하게 떨렸다.

"시작하시지요, 주인님."

딩고는 움직이지 않았다. 시선도 리엘에게 떨어뜨리고 있을 뿐이었다.

"주인님?"

"널 뭐라고 불러야 하지?"

질문의 교차 후 아까보다 더 깊은 침묵이 둘 사이에 흘렀다.

"설명을 원하신다면 해드리겠습니다. 하지만 지금은……."

"왜 보먼을 떠난 거야?"

"제가 떠난 것이 아닙니다. 그가 떠났습니다."

"어째서?"

"승리만을 위해서입니다."

자세한 상황은 여전히 알 수 없었다.

하지만 딩고는 그녀를, 1년 동안 자신의 곁에 있어준 은인인 리엘을 의심하지 않았다. 그는 그저 그녀가 보먼의 에텔라이저였다는 사실에 조금 놀랐을 뿐이다.

딩고의 입술에 보일 듯 말 듯한 미소가 떠올랐다.

그는 정신감응을 이용해 리엘에게 말했다.

[난 말이야, 잊고 싶은 과거가 몇 가지 있어.]

말하는 도중 그의 자세가 변했다. 그것은 오로지 마르코 슈플리에와 싸우기 위한 모습이었다.

[그게 떠오를 때마다 난 후회하지. 그때는 이랬어야 했는데, 아무 말도 안 하고 가만히 있었어야 했는데 하면서 말이야. 지금 내가 가장 후회하는 일은 쿠넬과의 일이야.]

[실패하셨기 때문입니까?]

[난 실패하지 않았어. 내 입장만 생각하고 내세우면서 아예 싸우지 않았지. 실패라는 말을 쓸 자격조차 없는 거야.]

자조한 딩고는 눈을 부릅떴다.

[나를 극복할 수 있을까?]

[우선 저자부터 극복하십시오.]

쓴웃음을 지은 딩고는 검 끝을 마르코에게 맞췄다.

"그럼 가자, 리엘."

"예, 주인님."

가만히 기다리던 마르코는 오른쪽 어깨를 빙글빙글 풀며 전진했다.

"입장 정리가 끝났나? 그럼 이번엔 내가 좀 묻도록 하지. 목숨을 걸고 이곳에 찾아와서 난동을 부린 이유는 뭘까?"

"사람들을 구하기 위해서."

딩고는 한 치의 망설임도 없이 말했다.
"사람? 인간? 아아, 인간사냥부대가 포획한 인간들 말인가? 넌 그럼 착한 사람이군. 난 나쁜 그람로니언이고. 후후, 그래. 나쁜 그람로니언. 후후후……."

그가 왼손으로 얼굴을 덮은 채 웃음을 흘렸다. 동시에 딩고의 표정도 묘하게 변했다.

'뭐야, 저 행동은?'

리엘이 대답했다.

'개성입니다.'

개성치고는 참 위험하다, 라고 딩고는 생각했다.

후두둑 소리가 사방에서 들렸다. 비였다. 얼음처럼 차가운 비였다. 그람로니언의 투구 사이에서 새나오던 입김이 더욱 진해졌다.

우울한 마르코의 웃음소리가 뚝 그쳤다.

"홍련의 오브제는 어디 있나? 같이 있다는 정보를 들었는데?"

"거기까지 대답해 줄 수는 없어."

"그래? 그럼 그곳에 있다는 말로 알지."

마르코가 자세를 잡았다.

"오늘은 운이 좋군. 홍련의 오브제와 머리사냥꾼, 두 골칫거리를 한꺼번에 처리할 수 있게 됐으니까."

리엘은 딩고에게 두 가지를 당부했다.

하나는 마르코가 2계급의 그람로니언이라는 것, 그리고 차원이 다른 적이라는 것.

전자는 기억해도 좋고 기억하지 않아도 상관없었다. 하지만 두 번째 사실만큼은 뼈에 새겨야만 했다.

딩고는 어리석지 않았다.

다만 리엘이 말한 '차원'을 잘 이해하지 못했다. 사실 그것은 부딪혀 보지 않으면 알 수 없는 개념이었다.

"컥!"

불꽃이 튀기는가 싶더니 딩고가 순간 저편으로 날아갔다. 어느새 창을 휘두르고 난 뒤의 자세가 된 마르코는 어이없다는 표정을 지은 채 똑바로 섰다.

"음? 너, 인간이 아니었군?"

쓰러졌던 딩고가 다시 일어났다.

"으!"

그는 가슴을 부여잡았다. 오른쪽 어깻죽지부터 왼쪽 가슴 아래까지 긴 상처가 나 있었다.

에텔라이저로 구축된 가상육체인 탓에 출혈 등의 상황은 없었으나 정신적인 충격은 이만저만이 아니었다.

딩고는 평소대로 적의 움직임을 살피다가 일격을 노리려 했다. 그러나 상대는, 마르코 슈플리에는 그런 여유를 허락

하지 않았다.

'어떻게 된 거지? 내 움직임을 예측한 건가?'

딩고는 고민했으나 답은 의외로 간단했다. 마르코는 달려가서 상대를 후려쳤을 뿐이다.

리엘의 목소리가 그의 뇌리에 울렸다.

[잊으셨습니까? 저자는 여태까지 딩고님이 만났던 적들 중에서 가장 강합니다!]

리엘은 리오 스나이퍼라는 자가 적이 아닌 경우를 상정하여 말했다.

딩고는 혹시나 하는 생각에 물었다.

[혹시 아르자발과 보먼 슈케르까지 포함해서 말한 거야?]

[물론입니다.]

허무감과 막막함이 딩고의 의식을 파고들었다.

[그럼 괴물이잖아?]

[그렇습니다. 피부색부터 다르지 않습니까?]

피부색이 괴물의 척도는 아니었지만 딩고에겐 아련한 압박감으로 작용했다.

[보먼 슈케르보다 강한 적을 어떻게 상대하라는 거지?]

[할 수 있습니다. 불가능했다면 애초부터 도망치자고 말씀드렸겠지요.]

딩고는 영 믿음이 가지 않았다.

[방법이 있어?]

리엘이 그에 대한 해답을 주었다.

[강해지기를 기원하십시오.]

[기원하라고? 어떻게?]

[열심히 하십시오.]

딩고의 마음이 좌절과 미움으로 가득해지기 직전, 리엘이 제대로 된 설명을 내놨다.

[기본적으로는 콜드 브레스를 사용할 때와 동일합니다. 해당 아키텍처가 만들어진 지 얼마 되지 않아 에너지 소모가 다소 심할 것으로 예상되지만 그래도 죽는 것보다는 낫겠지요.]

[콜드 브레스라… 알았어!]

딩고는 인상을 쓰고 정신을 집중했다.

그사이 마르코가 다시 자세를 잡았다.

"인간인지 괴물인지 모르겠지만… 뭐, 상관없겠지. 네가 만든 풍문은 여기서 끝이다. 우리 그람로니언의 미래를 위해 사라져라, 머리사냥꾼."

그가 움직였다.

마르코의 전투 방식은 기본적으로 속도를 우선시했다.

여기서 모순되는 점이 한 가지 있는데, 체중도 가볍고 갑옷의 무게 역시 무겁지 않은데도 창에서 뿜어지는 일격의 파괴력이 어마어마했다.

그가 마음을 먹고 제대로 움직이면 큰 바위도 단번에 가루로 만들 수 있었다.

그 극한의 속도와 힘이 실린 공격이 딩고가 있던 자리를 가로질렀다.

창이 만든 무형의 압력으로 인해 하늘에서 떨어지던 비가 중력을 무시하고 원형으로 퍼졌다.

마르코는 거기서 그치지 않고 창을 아래에서 위로 올렸다. 그건 공격이 아니었다. 방어였다. 빗방울을 가른 그의 창에서 커다란 불꽃이 튀었다.

공격을 피하고 반격을 날렸던 딩고는 움찔하여 뒤로 물러났다.

다시 자세를 바로 한 딩고의 전신에서 흰 증기가 뿜어졌다. 빗물이 그의 몸을 달군 열기를 이기지 못해 증발하고 있었다.

마르코의 흰 눈썹이 꿈틀했다.

'갑자기 빨라졌다고……?'

인간보다 좀 더 빨랐을 뿐인 상대의 동작 속도가 갑자기 자신과 비슷한 수준까지 올라간 것에 마르코는 약간 당황했다. 그러나 그는 그 불가사의를 연출한 상대보다 더 빨리 평정심을 되찾았다.

'능력을 숨기고 있었나 보군. 하긴, 최초의 공격도 제대로 맞아주진 않았으니까.'

그의 몸이 다시금 빗줄기를 뚫고 나갔다. 공격을 받아낸 딩고의 육체가 지면에서 살짝 떠올랐다.

'이런!'

딩고는 몸을 숙여 중심을 낮췄다.

상대의 공격은 어정쩡하게 서서 받아낼 수 있는 수준의 것이 아니었다. 상대는 딩고 자신보다 몇 배나 큰 거인처럼 엄청난 파워를 자랑하고 있었다.

시간이 흐르면서 딩고의 체온이 점점 올라갔다.

가볍게 땀을 발산하는 수준이 아니라 끓기 직전의 물처럼 뜨거웠다.

하지만 딩고는 의식하지 못했다. 그에 대해 신경 쓰는 사람은 마르코와 그람로니언들뿐이었다.

말 그대로 소나기처럼 공격을 퍼붓던 마르코가 뒤로 물러났다. 호흡을 조절하고 지나치게 긴장된 근육을 풀어주기 위해서였다.

그사이 얼굴에 묻은 물을 닦으려던 딩고는 그제야 자신이 몸에 묻은 빗물을 마구 증발시키고 있다는 사실을 깨달았다.

[이게 어떻게 된 일이지?]

[과열입니다. 현재 주인님께서는 에너지 소비를 높여 속도를 높이고 있지요. 생각에 대한 아키텍처가 미완성인 탓에 현재는 발열을 잡기가 힘듭니다. 하지만 아직 위험 수준은 아니니 신경 쓰실 필요는 없습니다.]

[그래? 정말 괜찮은 거야?]

[버틸 수 있는 열의 한도를 넘어서면 몸이 녹아내릴 것입니다. 하지만 에텔라이저는 녹는점이 높기 때문에 안심하셔도 됩니다.]

[아…….]

지금 자신은 생물이 아니다. 그 사실을 잠시 잊었던 딩고는 내심 쓴웃음을 지었다.

상대가 멍하니 있는 덕분에 원하는 만큼의 휴식을 취한 마르코는 생각을 바꿔보기로 했다.

'내 속도에 맞춰서 녀석의 속도도 올라가는군. 이런 경우는 처음인데? 게다가 녀석은 호흡 하나 흐트러지지 않았어.'

고민했지만 마르코는 조급해하지 않았다. 그는 자신이 질 거라는 생각을 전혀 하지 않고 있었다.

'베여도 피가 나지 않고 체력적인 문제도 보이지 않아. 그렇다면 혹시……?'

그의 뇌리를 스치는 생각이 있었다.

'에텔라이저……!'

만약 상대가 인간의 껍질만 뒤집어쓴 존재라면 지금의 상황에 대한 해답이 나온다. 마르코는 그것을 염두에 두고 생각을 정리해 봤다.

'그러고 보니 1년 전이었나? 간부들이 치명상을 입고 돌아온 날부터 에텔라이저를 든 어떤 존재를 찾으라는 명령이 떨어졌지. 머리사냥꾼에 대한 이야기는 3개월 전부터 시작됐고. 아무래도 그들과 저 녀석 사이에 뭔가 깊은 이야기가 있는 것 같군.'

그는 왼손을 들어 손가락을 튕겼다.

신호가 떨어지자마자 그의 부하, 검은 날개 기사단이 일제히 무기를 뽑아 들었다.

그 우렁찬 소리를 들은 인간사냥부대의 지휘관은 드디어 검은 날개 기사단이 나선다는 생각에 신이 났다.

마르코의 엄지가 아래로 내려갔다. 동시에 검은 날개 기사단의 무기가 움직였다.

"허억?"

지휘관의 입에서 높고 긴 비음이 터졌다. 그는 팔을 허우적댔지만 그의 등판을 뚫은 무수한 무기들은 빠질 기색이 없었다.

등을 찔린 것은 그뿐만이 아니었다. 그의 주변에 있던 인간사냥부대 대부분이 검은 날개 기사단에 의해 목숨을 잃었다.

입에서 검은 피를 토한 지휘관은 경악에 젖은 눈으로 마르코를 쳐다봤다.

"자, 장군! 어째서……?"

마르코의 붉은 눈동자가 그에게 향했다.

"자네는 좀 무능한 것 말고는 쓸 만한 그람로니언이었네. 하지만 내가 제일 싫어하는 여자인 '아르자발'과 너무 친했지. 내가 이곳에 온 이후로 자네는 내 동향을 아르자발에게 보고하느라 정신이 없었네. 자네의 그런 행동은 내가 앞으로 하려는 일에 대해 방해가 될 뿐이야. 그럼 제거해야겠지. 안 그런가?"

"그런 웃기지도 않는……!"

지휘관의 말은 거기서 끝났다. 기사단 지휘관의 두꺼운 돌격용 창이 그의 머리를 투구째로 뚫고 있었다.

창을 뺀 기사단의 지휘관이 마르코에게 물었다.

"사냥부대 모두를 정리하는 것입니까, 장군님?"

"그래."

마르코가 끄덕였다.

"녀석들은 모두 급조된 그람로니언이다. 충성을 맹세했다고 해서 손쉽게 영생을 누리게끔 할 수는 없지."

"알겠습니다."

지휘관의 대답을 시작으로 검은 날개 기사단은 진지 사방으로 퍼져 사냥부대를 사냥했다.

검은 날개 기사단은 무자비하고 철저했다. 반면 사냥부대의 일원 중에서 싸우다가 죽는 자는 없었다. 하나같이 자비와 동료애를 부르짖다가 죽을 뿐이었다.

그람로니언이 같은 그람로니언을 학살하는 것에 딩고는 당황했다. 리엘도 말이 없었다. 지금은 그녀의 계산조차 넘어선 상황이었다.

"어떻게 된 거지? 갑자기 이게 무슨 일이야?"

"마르코 슈플리에로부터 눈을 떼지 마십시오! 우리와는 관계없는 일입니다!"

"아니, 관계있는 일이다."

마르코가 다시 다가왔다.

"리엘 아케론. 너도 알다시피 난 아르자발을 매우 싫어하지. 400년 전의 아르자발은 너무 무능해서 싫었지만 이번 아르자발은 그냥 어이가 없어. 집착이 너무 강해. 그리고 과거의 망령들을 너무 믿고 있지. 내 생각에 너희와 그들 사이에 뭔가 일이 있는 것 같은데, 자리가 정리됐으니 얘기를 좀 해주지 않겠나? 너희는 대체 누구며 아르자발이 왜 너희를 쫓고 있는지를 말이야."

"……."

"흠. 말을 하지 않겠다면 어쩔 수 없지. 내 힘으로 알아내는 수밖에."

마르코가 자세를 바꿨다. 이어서 그의 창이 파란 빛을 내며 달아올랐다.

빗물에 젖은 딩고의 머리카락이 위쪽으로 흩날렸다. 더불어 몸이 가벼워지는 느낌마저 받았다.

'기분 탓인가?'

그렇지 않았다. 비록 한정된 범위 내이긴 했지만 떨어지던 빗물이 역으로 하늘을 향해 치솟고 있었다.

"비오는 밤에 이토록 진지해지다니, 내 감정도 슬슬 메말라가는군."

마르코의 발이 땅에서 떨어졌다.

리엘이 그의 행동에 반응했다.

'인시너레이트(Incinerate)입니다! 피하십시오!'

딩고는 본능적으로 검을 휘둘렀다. 상대를 보고 휘두른 건 절대 아니었다.

그것은 정말 찰나의 순간이었다.

일이 끝난 뒤, 솟구쳐 오르던 빗물이 다시 땅으로 떨어졌다.

"흠."

마르코는 땅에 떨어진 물체를 주워 들었다.

가죽 재질의 옷감에 둘러싸인 그것은 팔이었다. 왼쪽 것으로 보이는 그 팔은 마르코가 손을 대자마자 생기를 잃더니 물을 먹은 석고상처럼 우수수 부서졌다.

"아무리 봐도 희한한 몸이로군. 너, 정말 망령과 같은 자인가?"

"으......!"

그의 옆에 있던 딩고가 뒷걸음질을 쳤다. 오른팔과 함께 움직여야 할 그의 왼팔은 온데간데없었다.

"인시너레이트의 피해를 이렇게까지 막아낼 줄은 몰랐군. 팔다리를 모조리 날려 버리려고 했는데 왼팔 하나라....... 게다가 소각되지도 않고 멀쩡히 움직이다니, 내 자신에게 너무 실망스럽군."

마르코는 딩고와 발끝이 닿을 정도로 바짝 붙었다.

"다음은 없다. 어찌할 텐가? 목숨을 잃는 것보다 나와 차 한 잔을 하는 게 더 이로울 것 같은데?"

확실히 딩고로선 차를 한 잔 마시는 쪽이 더 나았다.

아무리 생각해도 힘의 차이가 너무 컸다. 힘을 방출할 때의 압력만으로 떨어지는 빗물을 거꾸로 되돌리는 것은 정말 누구도 상상하지 못할 광경이리라. 하지만 그가 권하는 차가 극약이 될지 보약이 될지는 모를 일이었기에 딩고는 쉽게 결정을 내리지 못했다.

오랜 시간 대답이 없자 마르코는 옅은 미소를 지었다. 꽤 보기 좋은 얼굴이었지만 그 얼굴 뒤에 숨은 압도감은 변함없었다.

"너, 나와 사생결단을 내야 할 이유라도 있나? 혹시 홍련의 오브제 때문에? 아아, 그거라면 못 본 척해주지. 오는 게 있으면 주는 것도 있어야 하니까. 협조만 해준다면 나와 검은 날개 기사단은 앞으로 자네들을 뒤쫓지 않겠네. 고생은 출세가 급한 자들이 하겠지."

그 말을 듣고 마음을 반쯤 정한 딩고는 완전히 결정하기 위해 리엘에게 조언을 구했다.

[괜찮을까, 리엘?]

[거짓말을 할 남자는 아닙니다. 하지만 좀 분하군요. 고작 인시너레이트 한 방으로 이렇게 되다니……]

[고작이라고? 내가 보기엔 거의 기적 같은데?]

[아무튼 지금은 협조하는 것이 좋을 것 같습니다. 상대의 간격 안에 완전히 들어와 있기 때문에 수작을 부렸다가는 우리들의 이야기가 완전히 끝날 것입니다.]

[알았어.]

딩고는 고개를 끄덕였다.

"좋을 대로 하시오."

"현명한 판단을 내려줘서 고맙군. 그럼 내 막사로 가세나. 차는 부하들이 가져올 것일세. 아, 그런데 이름이 뭔가?"

"딩고 슈케르라고 합니다."

"딩고 슈케르? 보먼 슈케르와 성씨가 같군."

그가 재미있다는 반응을 보이자 리엘이 말했다.

"주인님은 보먼 슈케르의 직계후손입니다."

"직계후손? 수인이란 말인가?"

"일단은 그렇습니다."

"그래? 인간의 탈을 쓴 수인이라, 점점 재미있어지는군. 어서 가서 자세한 얘기를 듣도록 하지. 난 개인적으로 비를 싫어하거든. 비는 너무 우울해. 후후후······."

마르코는 손으로 얼굴을 가린 채 웃으며 걸음을 옮겼다.

딩고는 자신이 만나기 힘든 사람들을 참으로 많이 만나는 팔자라고 생각하며 그를 따랐다.

* * *

"결국 당했군."

리오가 비를 맞으며 중얼거렸다.

"누가 당했다는 거죠?"

카샤와 함께 리오의 망토를 우산 삼아 비를 피하고 있던 라스티가 겁에 질려 물었다.

리오는 비에 젖은 왼쪽 눈의 붕대를 만지며 씩 웃었다.

"저기서 당할 사람이 누가 있겠어?"

그 차가운 목소리에 라스티는 물론 카샤까지 당황했다.

"다, 당장 구해주세요! 딩고를 구해서 데려가는 게 당신이 맡은 일이잖아요!"

"그렇긴 한데… 지켜볼 여지가 좀 있군."

"지켜보긴 뭘 지켜봐요!"

라스티가 리오의 망토에서 벗어나 그의 팔을 붙들었다.

"딩고가 위험하단 말이에요! 그람로니언들이 잔뜩 있는 곳에서요! 그런데 지켜볼 여지가 있다고요? 제정신인가요, 당신?"

"당연히 제정신이지. 저런 건 내가 수천 년 넘게 겪은 여러 가지 일들 가운데에서도 별 볼일 없는 수준이거든."

"…예?"

수천 년이라는 말을 실감하지 못한 라스티는 상대의 분위기에 압도당한 나머지 입도 뻥긋하지 못했다.

*   *   *

막사로 돌아온 마르코는 들어가자마자 갑옷을 벗고 수건으로 머리와 얼굴을 말렸다.

그는 딩고에게도 수건을 주려 했지만 아직 남아 있는 몸의 열기 때문에 그는 이미 뽀송뽀송 마른 상태였다.

"참 부러운 몸이군."

마르코는 수건을 다시 곱게 접어 제자리에 놓았다.

테이블을 사이에 두고 딩고와 마주앉은 그는 깍지 낀 손 위에 턱을 괴었다.

"자아, 나에게 어떤 이야기를 먼저 해줄 거지?"

상대는 제법 귀여운 외모의 소유자였으나 지금은 상당히 불쾌한 느낌을 발산하고 있었다. 딩고는 내심 투덜대면서 남은 오른손으로 배를 만졌다.

"얘기해 주지 않을 건가?"

마르코가 묻자 딩고가 움찔했다.

"예? 아, 그게 아니라……."

"현재 주인님께선 부상을 당하신 상태입니다. 설명은 제가 하도록 하겠습니다."

리엘이 검에서 인간의 모습으로 변해 나타났다. 그녀를 본 마르코는 왼쪽 입 끝을 올리며 웃었다.

"그건 좋지만 이거 어쩌지? 의자는 두 개뿐인데."

"그람로니언이 만든 의자는 불편합니다."

딩고의 무릎 위에 앉은 그녀는 주인의 몸을 등받이로 썼다.

자세만 봤을 때는 그녀가 가장 편해 보였다. 딩고는 난감한 듯 머리를 긁적거렸다.

마르코가 감탄했다.

"400년 먹은 할머니치고는 과감하군. 주인을 의자로 쓰다니, 후후."

"우리 주인님께서는 마음이 워낙 넓으서서 이런 무례 정도는 이해해 주십니다."

"마음이 바다처럼 넓은 주인님이군."

"가끔 칭얼대는 것 빼고는 괜찮으신 분입니다."

"호오."

담소로 시작한 대화는 차가 배달되자마자 진지하게 흘러갔다.

"그렇다면 딩고, 네 이야기를 해봐라. 어째서 수인이 에텔라이저에 의해 인간의 모습을 가지게 됐는지를 듣고 싶군."

대신 이야기를 하겠다며 걸터앉은 리엘은 차만 홀짝홀짝 마실 뿐, 침묵을 지켰다.

딩고는 끓어오르는 짜증을 억누르며 자신이 겪은 일들을 직접 이야기했다.

17년 전 델파미스 일가가 세상으로부터 잊힌 대륙이자 딩고의 고향인 카라가일 대륙에 온 것부터 딩고가 크리실 델파미스라는 이름의 여성과 에텔라이저의 계약을 맺은 것, 가족과 함께 카라가일 대륙을 떠났던 크리실이 그람로니언의 침공으로 인해 다시 카라가일로 돌아온 것, 그리고 딩고 자신이 현재의 대륙인 라고로스로 온 것까지. 이야기는 제법 긴 시간 동안 이어졌다.

그 이후의 이야기는 리엘이 이어서 했다. 그녀가 맡은 부분은 딩고가 라고로스에 도착한 뒤 주트라일 근처의 한 섬에서 아르자발과 결전을 치렀을 때까지였다.

이야기를 경청한 마르코는 고개를 크게 끄덕였다.

"크리실 델파미스의 딸인 쿠넬 델파미스가 창광의 오브제이며, 새로운 아르자발이 되었다 이거지? 그렇다면 여기서 의문이 생기는군. 창광의 오브제와 흑암의 오브제가 어떻게 융합된 걸까? 제3자가 개입된 건가?"

"융합시킨 자가 있단 말입니까?"

놀란 딩고의 왼쪽에서 새하얀 물체가 덜렁 움직였다. 팔의 단면에서 늘어나온 그 물체는 아직 조형이 덜 끝난 석고상의 팔처럼 우락부락했다.

'재생인가? 생각보다 속도가 느리군.'

잠시 딩고의 왼팔에 시선을 두었던 마르코는 고개를 끄

덕이며 말했다.

"오브제는 순도가 높은 에텔이야. 게다가 자기의식을 가지고 있지. 그런 복잡한 사연의 물체끼리 하나로 뭉쳐지기는 쉽지가 않아. 강력한 능력을 지닌 누군가가 개입했을 수 있네. 하지만 가능성 중 하나에 불과하지. 흑암의 오브제 스스로 창광의 오브제를 흡수하여 아르자발이 될 수도 있어. 400년 전의 아르자발도 그렇게 태어났거든."

딩고는 오른손으로 입가를 덮고 생각하다가 무릎 위의 리엘을 봤다.

"왜 레온이 그 말을 안 해줬지?"

"불확실했기 때문입니다."

리엘이 대답했다.

"레온님께서도 제3자가 개입했다고 생각하셨지만 가능성이 워낙 다양해서 저에게도 말씀하시진 않았습니다."

딩고는 급히 차를 마셔 마음을 달랬다. 정말 기적 같은 가능성이 그를 자극한 것이다. 그는 떨리는 목소리로 마르코에게 물었다.

"그럼 쿠넬을 원래대로 되돌릴 수 있을까요?"

"내가 알기로 가능은 해. 하지만 되돌려서 뭘 할 거지? 그걸로 만사가 끝날 거라 생각하나? 그리고 아르자발의 완전한 제거는 나를 포함한 그람로니언 전체가 용납지 않을 걸세. 그녀가 없으면 우리의 신, 그람로어를 불러낼 수 없거든."

"……."

딩고의 표정이 시무룩해졌다. 리엘은 그를 위로할까 하다가 말고 대화를 계속 진행했다.

"만약 제3자가 개입했다는 것을 가정할 때, 마르코 슈플리에님은 그가 과연 어떤 자라고 생각하십니까?"

"과거의 망령과 관계있지 않을까? 아르자발이 저승으로 가지 못한 망령들에게 집착하는 이유가 뭔지 난 잘 모르겠어."

무거운 침묵이 흘렀다. 거의 변함이 없던 리엘의 표정이 점차 창백해졌다.

"죽은 자의 군주입니까?"

"죽은 자의 군주라… 가능성이 없진 않지. 아무튼 아르자발에 대한 얘기는 여기까지 하지. 내가 듣고 싶은 이야기는 다 들었으니까."

그의 손가락 관절 사이에서 우두둑 소리가 났다.

"아르자발 녀석, 감히 과거의 망령인 보먼 슈케르를 그람로니언의 장군으로 만들어? 듀벡이라는 웃기지도 않는 이름을 지어주고? 그렇지 않아도 꼴 보기 싫었는데 잘됐군. 당장 스카이레이크로 달려가서 그 추잡한 것들을 날려 버려야겠어."

리엘이 퍼뜩 놀랐다.

"자중하십시오. 그러시면 우리 주인님의 진짜 육체가 손상을 입습니다."

"내가 거기까지 신경 쓸 필요가 있을까? 그리고 보면 슈케르가 네 주인의 육체를 정말 빼앗았는지도 의문이군. 녀석은 1년 전에도 몸이 없는 망령이었고 내가 스카이레이크를 떠날 때도 마찬가지였어. 늑대 수인의 털 따위는 그 어디에도 없었지."

"예……?"

딩고는 리엘을 봤고 리엘도 그를 돌아봤다. 리엘은 모를 일이라며 고개를 도리도리 저었다. 딩고의 마음이 다시 불안의 나락으로 떨어졌다.

"어찌 된 일이죠? 그럼 제 몸은 어디로……?"

"내가 아는 것은 거기까지다. 귀찮아서 어딘가에 버렸을 수도 있겠군."

마르코는 새파랗게 변한 딩고의 얼굴을 보고 이해가 안 간다는 반응을 보였다.

"특별히 문제될 건 없지 않나? 옛 몸보다 지금의 몸이 차라리 나을 텐데? 말 그대로 생로병사에서 완전히 벗어난 무결점의 육체가 아닌가? 우리 그람로니언의 육체조차도 자네가 가진 에텔라이저 육체에 비한다면 아무 것도 아니지."

"그건 당신 생각입니다."

딩고의 단호한 말에 마르코는 어깨를 으쓱했다.

"늙고, 병들고, 배고프고, 목마르고, 죽고… 이런 불쾌한 것들이 주는 고통에 미련이 있나? 아니면 그 모든 것을 낭만적이라고 생각하는 건가? 후후, 좋아. 관두지. 신경 쓸 가치가 없는 일로 논쟁을 벌이고 싶진 않아."

마르코는 찻잔을 비웠다. 딩고는 시무룩한 얼굴로 입을 다물었다.

막사 밖이 조용했다. 인간사냥부대의 처리는 차가 아직 따뜻할 무렵에 완전히 종료됐다. 지금의 고요함은 비가 그쳤다는 하늘의 알림이었다.

"슬슬 잠이 오는군."

찻잔을 놓은 마르코는 손가락을 튕겼다. 창을 든 지휘관과 병사 몇 명이 막사 안으로 들어왔다.

딩고는 긴장했지만 그들에게선 살기가 느껴지지 않았다.

마르코가 자리에서 일어났다.

"유익한 대화였네. 자네 덕분에 많은 것을 알게 됐어. 약속대로 보내주지."

그러나 딩고는 아직 갈 수 없었다. 해야 할 일이 남아 있지 않은가.

"당신들이 잡고 있는 사람들은 어떻게 하실 생각이십니까?"

"우리가 잡은 게 아니라 인간사냥부대가 잡은 것들이야. 난 모르지. 그리고 나와 우리 기사단은 전장에서 싸우는 존재일 뿐, 인간의 사육엔 관심없네."

"……."

딩고는 불쾌했지만 입을 열지 않았다.

"가시지요, 주인님."

그의 무릎에서 내려온 리엘은 재촉하듯 그의 옆에 섰다. 그녀의 행동에 딩고는 이상함을 느꼈다. 평소의 그녀라면 만약의 사태에 대비해 검의 모습으로 변했을 것이다. 그런데 결코 안전치 못한 지금 상황에도 불구하고 그녀는 여전히 인간의 모습을 하고 있었다.

[왜 그래? 무슨 문제라도 있어?]

그녀가 그를 흘끔 봤다.

[특별한 문제는 없습니다.]

[그런데 왜 인간의 모습이야?]

[변형에 필요한 에너지가 부족합니다. 무리해서 검의 모습을 갖출 수도 있지만 에너지 부족으로 검의 날이 무뎌지고 맙니다. 하지만 주인님께서 검의 모습을 원하신다면 어

쩔 수 없지요. 저는 무디고 쓸모없는 한 자루의 검이 되는 수밖에.]

그 순간 딩고는 생각했다.

'협박이다.'

교감과는 상관없는 마음의 말이었기에 리엘에겐 들릴 리가 없었다. 그러나 리엘은 무슨 생각을 하는지 뻔히 안다는 듯 오묘한 표정을 짓고 있었다.

"가자."

자리에서 일어난 딩고를 병사들이 둘러쌌다. 허튼수작은 하지 말라는 무언의 압박이었다.

그들과 함께 나가던 딩고가 갑자기 발을 멈췄다.

"아, 혹시 보먼의 에텔라이저에 대해선 모르십니까?"

침대 정리를 하는 지휘관의 손동작에 신경 쓰던 마르코가 다시 고개를 돌렸다.

"전리품으로 하나 챙겨왔다는 소리는 얼핏 들은 것 같지만 보먼이 들고 다니는 모습은 본 적이 없는 것 같군."

"그렇군요."

아쉬운 목소리를 낸 딩고는 한숨을 쉰 뒤 고개를 살짝 숙였다. 묵례였다.

"그럼 가겠습니다."

마르코는 처음과 같은 덤덤한 얼굴로 답례했다.

"조심히 가도록 해. 다음에 만나면 죽일 테니까."

복잡한 마음에 웃고만 딩고는 병사들을 따라 막사를 나섰다.

몇 분 후, 딩고는 잡혀 있던 수백 명의 젊은이를 이끌고 그람로니언의 진지를 뒤로했다.

사람들은 두려워했지만 아무리 걷고 걸어도 추적자는 오지 않았다. 오히려 그 점이 사람들을 더욱 두렵게 만들었다.

하지만 딩고는 걱정하지 않았다. 만약 그람로니언이 나타난다 하더라도 그건 마르코의 검은 날개 기사단은 아닐 것이라 믿고 있었다.

믿음의 근거는 어디에도 없었다. 그는 그냥 어린아이처럼 마르코를 믿고 있었다. '근거가 없다' 라는 말을 들은 리엘은 아쉬운 듯 한숨을 쉬었다.

"이 주변엔 각목이 없군요."

"하하."

딩고는 낮에 맞은 부위를 긁적였다.

"아, 리엘. 이런 말해도 화내지 않을 거지?"

"주인님께서 제 허락을 맡으실 이유가 없지요."

"그래? 그럼 혹시… 내 몸이 이 세상 어디에도 없으면 어쩌지?"

한숨이 다시금 그녀의 입에서 나왔다.

"또 칭얼거리실 겁니까?"

"에이, 그렇게 나올 줄 알았어."

심통이 난 듯 고개를 픽 돌린 딩고는 걸음을 빨리했다. 실은 장난이었지만 그에 대한 대가는 처절했다.

"어욱!"

뒤통수에 들어온 갑작스런 타격에 딩고는 비명을 지르며 그 자리에 주저앉았다. 뒤따라오던 사람들 중 가장 앞에 있던 청년이 들릴 듯 말 듯한 목소리로 중얼댔다.

"도, 돌로 후렸어. 후렸다고!"

괴로워하는 딩고 옆에 리엘이 손을 털며 다가왔다.

"너무 떨어져 걸으시면 서로 곤란해집니다. 제 걸음 폭이 짧은 것을 헤아려 주십시오."

"미안."

다시 일어난 딩고는 뒤통수를 만지며 천천히 걸었다.

"그래도 걱정되긴 해. 물론 친구들은 내가 딩고라는 것을 어떻게든 알아주겠지. 하지만 시간이 지나고 모두가 세월 속에 사라지면 나만 남게 되는 거잖아. 난 늙지도 않고 병들지도 않고 나이 먹어서 죽지도 않으니까. 과연, 내가 이후의 시간을 견딜 수 있을까?"

"시를 쓰십시오, 아예."

"……."

주인에게 무인을 준 소녀, 리엘은 밤하늘을 쳐다봤다. 비가 지나가서인지 하늘에는 구름 한 점 없었다.

하늘엔 엄지손가락 한마디 크기의 또 다른 빛이 흐르고 있었다. 혜성이었다. 맨눈으로 봐도 식별이 가능할 정도로 큰 초대형 혜성이었다.

"카이우스군요."

"카이우스?"

"저 혜성의 이름입니다."

그녀는 깊은 눈으로 혜성을 보며 이야기를 시작했다.

"400년 전, 저 혜성이 하늘을 지날 때였습니다. 정신을 차리고 눈을 떴을 때 저는 어딘지 모를 황야에 떨어져 있었습니다. 당시 저는 작은 조각이었습니다. 완전히 파괴되어 에텔라이저로서의 기능을 다할 수 없었지요. 하루가 지나고 이틀이 지났습니다. 아무도 절 찾지 않았고 짐승조차도 절 거들떠보지 않았습니다. 하지만 저는 믿었습니다. 언젠가는 다시 돌아갈 수 있을 거라는 믿음을 버리지 않았습니다. 하지만 부모님도, 형제도, 친구도 찾아오지 않을 거란 사실을 깨달은 것은 저 카이우스가 다시 나타났을 때였습니다."

"카이우스가?"

"그건……."

리엘의 입가에 쓴 웃음이 맺혔다.

"아닙니다. 재미없는 이야기였군요. 무례를 용서하십시오."

"응? 음… 아냐."

혜성이 가진 뜻이 과연 무엇일까? 딩고가 그에 대해 알게 된 것은 몇 시간 뒤, 도시의 폐허에 라스티가 마련한 임시 거처에서 그녀와 재회한 뒤였다.

딩고와의 재회에 라스티는 긴장이 풀린 듯 체면을 잊고 기뻐했다.

"정말 돌아오다니 믿을 수 없어! 난 너를 다시는 못 볼 줄 알았다고!

도중에 그녀가 혜성 이야기를 꺼냈다.

"아, 밤새 왔으니 딩고도 봤겠지?"

"어? 뭘?"

"혜성! 어제 나타난 혜성은 카이우스라고! 이건 우리에겐 좋은 징조야! 카이우스를 본 사람은 떨어져 있는 가족이나 친구와 반드시 다시 만난다는 전설이 있거든!"

"그래? 하하, 우린 정말 행운아네?"

"물론이지! 본 것 자체가 행운이야!"

라스티가 기뻐했다.

"무려 200년에 한 번 오는 귀한 혜성이거든! 카이우스는!"

딩고의 표정이 급격히 식었다.

"200년……?"

"그래, 200년! 아무튼 전설은 사실이었어! 그 리오라는 남자가 널 구해오겠다는 말을 했을 때도 믿지 않았거든!"

"음… 아, 그럼 짐 정리 좀 하고 있어봐. 정찰 좀 하고 올게."

"응? 갑자기 웬 정찰을… 아, 어디가!"

딩고는 도망치듯 도시의 폐허 저편으로 달려갔다. 달리고 달려 아무도 없는 곳에 도착한 그는 등에 찬 검을 들었다.

"나와봐, 리엘."

검으로부터 목소리가 낮게 깔렸다.

"저와 관계된 일로 부르시는 겁니까?"

"응."

"알겠습니다."

리엘은 검에서 인간의 모습으로 변해 땅을 밟았다.

"말씀하십시오."

딩고는 말을 할까 말까 망설이다가 마음을 굳게 먹고 말했다.

"400년 간 혼자 시간을 보낸다는 건 어떤 느낌이야?"

"지금 저를 동정하시는 겁니까?"

그녀는 평소답지 않게 흥분하여 되물었다. 딩고는 차분한 눈으로 그녀를 보며 말했다.

"말해주지 않을 거야?"

"그리 유익한 일은 아닌 것 같습니다. 그만하시지요."

"만약 잘못되면 나도 영겁의 세월을 보내야 해. 그래서 미리 알고 싶은 거야."

"지금 말씀 드려도 주인님은 이해 못하십니다. 일이 잘되든 잘못되든, 죽어서 소멸되시지 않는 한 절대 이해하실 수 없습니다."

"어째서?"

"…아무튼 이해하실 수 없습니다."

"그러니까 왜?"

"음……."

담담하던 리엘의 표정이 잠깐 지글거렸다. 그녀는 이윽고 억지로 말을 짜냈다.

"앞으로도 지금처럼… 제가 함께 있어드릴 테니까요."

말을 끝낸 그녀는 뜨거운 물을 모르고 마신 사람처럼 인상을 구기며 괴로워했다. 뒷부분만 따로 떼어놓으면 가슴이 뭉클할 만한 이야기였으나 리엘 본인의 표정과 말투가 워낙 그래서 딩고도 기분이 나지 않았다.

"아, 그럼 내가 몸을 되찾으면 리엘은 다시 혼자가 되는 거야?"

"그렇겠지요. 그래도 괜찮습니다. 이미 익숙한 일입니다."

정말 익숙한 것일까? 딩고는 솔직히 걱정됐다.

그녀가 팔짱을 끼며 말했다.

"주인님께 버림받은 저는 떠돌이 검이 되어 이 사람 저 사람의 손을 거치겠지요. 어떤 왕의 손에 들려 군대를 내려다볼 수도 있고, 살인자의 손에 들려 무고한 사람들의 목숨을 빼앗을 수도 있겠지요. 아, 인간의 모습으로 노리갯감이 되어 이 남자 저 남자의 곁을 옮겨 다닐 수도 있겠군요. 그러다가 치명적인 손상을 입으면 어둡고 습한 곳에 버려질 것이고, 남은 에너지마저 모두 소진되면 저는 영원히 사라질 겁니다. 제가 가졌던 모든 기억과 추억도 함께 말이지요."

서사시를 모두 들은 딩고는 멍한 얼굴로 소감을 말했다.

"우울한 결말이네."

"예쁘게 생긴 여자의 인생은 그렇지요."

말을 듣는 순간 딩고는 생각했다.

'또 협박이다.'

그러면서도 그는 안심했다. 자신이 적어도 미움을 받는

것 같지는 않다는 느낌이 들어서였다.
 "아, 라스티가 아까 이상한 말을 하지 않았어?"
 "무슨 말씀이시지요?"
 "그 리오라는 사람이 날 구해오겠다고 말했었잖아? 하지만 난 그 사람을 만난 적이 없는데?"
 그것은 리엘도 어찌 대답하지 못했다.
 정확한 사실을 알고 있는 사람은 같은 시각, 검은 날개 기사단의 주둔지에 있는 마르코 슈플리에였다.
 그는 머리와 몸뚱이를 제외하고 팔다리를 전부 잃은 채 자신의 막사에 처박혀 있었다.
 그를 도울 수 있는 부하는 아무도 없었다. 기사단원들은 그가 어떤 위험을 느끼자마자 전원이 땅에 압착되어 사망하고 말았다.
 뒤이어 들이닥친 회색 망토의 외눈박이 남자는 마치 악마처럼 붉은 장발을 흔들며 자신을 유린했다.
 그 힘은 압도적이라는 말로밖에는 표현할 방도가 없었다.
 마르코의 사지를 자른 장본인, 리오가 오른쪽 눈에서 붉은 잔광을 흘리며 그에게 다가갔다.
 "안심해. 난 급한 성격도 아니고 딩고 어쩌고 하는 놈처럼 순진하지도 않아. 그러니 우리 천천히 얘기해 보자고.

어른스럽게 말이지."
 그가 오른손에 든 보라색의 대검이 땅을 긁으며 마르코와 가까워졌다.
 마르코는 자신이 겪고 있는 일들을 도저히 받아들일 수가 없었다.
 더불어 앞으로 일어날 일들에 대한 걱정과 두려움에 전율했다.

CHAPTER 93
강제 종료

"계급이 장군이라고 했나? 그럼 잘 알겠군. 공정과 평등 따위는 이 세상이 창조된 순간부터 고려된 사항이 아니라는 걸 말이야."

리오는 탁자 위에 요리처럼 올려놓은 마르코 슈플리에 앞에 의자를 놓은 뒤 다리를 꼬고 앉았다.

리오 쪽으로 머리를 향한 채 누워 있는 마르코는 고개를 드는 형태로 상대를 볼 수밖에 없었다.

카샤는 그 끔찍한 광경을 도저히 볼 수가 없어서 막사 밖에 혼자 앉아 있었다.

소리도 들리지 않을 만큼 멀리 떨어지고 싶었으나 자신이 곁에 없으면 리오의 모든 것이 아카식 레코드에 사로잡힌다는 이야기를 들은 터라 그러지도 못했다.

물론 그녀의 안전 문제도 있었다. 카샤는 자신에게 해를 끼칠 존재가 주변 어디에 있냐며 질문했지만 리오는 그냥 그런 줄 알라는 말로 얼버무렸다.

천막 안의 리오는 자신을 바라보는 마르코의 갈색 얼굴을 빙긋 웃으며 감상했다.

"팔다리가 잘렸는데 출혈도 없고 멀쩡한 걸 보니 역시 그람로니언의 신체 구조는 내 예상대로인 것 같군."

"후, 후후."

마르코가 얼굴을 파르르 떨며 웃었다.

"그런 너는 얼마나 잘난 녀석이냐? 마치 신이라도 되는 것처럼 아는 척하는 꼴을 보니 웃음을 참을 수가 없구나."

"신은 아닌데, 그놈들의 심부름꾼 짓을 수천 년 동안 해 왔지."

"……."

"잘 와 닿진 않지? 그게 바로 불공평이야."

리오는 마르코의 가슴 위에 디바이너의 끝을 댔다.

"나를 고문하려는 건가?"

"고문? 아픈 걸 좋아하나?"

보라색 검의 끝으로부터 마르코가 접한 적이 없는 미지의 힘이 발산되어 그의 몸으로 흘러 들어갔다.

"원한다면 쾌감으로 변할 수 있는 고통까지 줄 수 있지만 난 제법 바빠서 그럴 시간이 없어. 네가 널 살려준 이유를 혹시 알고 있나?"

"네 더러운 취미를 내가 어찌 아나?"

"흠, 재미있는 대답이군. 넌 그람로니언 중에서도 순종이야. 이 땅의 밑거름이 된 네 부하들처럼 급조된 놈이 아니라는 말이야."

순종이라는 리오의 말은 마르코의 표정을 바꿔놓았다.

"네놈, 대체 뭘 아는 건가?"

"아까 신이 어쩌고 했던 걸 벌써 잊었나 보군. 난 네놈들보다 너희에 대해 더 잘 알아. 역사보다는 구조적인 부분에서 말이야. 혹시 레플리카라고 들어봤나?"

마르코는 말이 없었다. 리오는 그럴 줄 알았다는 듯 고개를 끄덕였다.

"일종의 인형이라고 보면 돼. 그 인형은 어떤 기술이 적용되느냐에 따라 실제 생명체처럼 자립해서 움직이기도 하지. 때로는 생명체의 영혼을 주입하는 경우도 있어."

"말하고 싶은 게 대체 뭐냐?"

강제 종료 255

"말보다는… 하고 싶은 일이 있지."

디바이너를 통해 마르코에게 주입되는 힘이 더욱 강해졌다. 마르코는 자신의 몸뚱이가 격렬하게 진동하는 것을 보고 또다시 공포에 사로잡혔다.

"레플리카에는 말이야, 신들과 핵심 관계자들만이 알고 있는 괴상한 기능이 있지. 바로 같은 공정을 거치거나 그 하위 공정을 거친 레플리카들을 한자리에 강제로 소환시키는 거야. 왜 그런 게 심어졌을까?"

그때, 막사 밖에 있던 카샤가 귀신이라도 본 얼굴로 급히 뛰어 들어왔다.

"리, 리오! 지금 밖에……!"

마르코 역시 그녀와 비슷한 표정이었다.

리오는 마르코와 그의 부하들을 유린하여 죽일 때처럼 붉은 빛을 오른쪽 눈에 품은 채 의자에서 일어났다.

"바로 불량품들을 한꺼번에 처리하기 위해서지."

마르코의 몸에서 디바이너를 뗀 리오는 막사의 입구를 검으로 걷어냈다.

"넌 저놈이랑 여기 있도록 해."

"하지만……!"

"얼마 안 걸려."

리오는 막사 밖으로 나갔고 카샤는 다시 덮이는 막사의

입구를 손으로 막고 살짝 들었다.

막사의 밖에는 마르코 휘하의 그람로니언이 있던 주둔지를 뒤덮고도 남을 만큼 많은 숫자의 그람로니언들이 서 있었다.

그 숫자는 수천이 넘었다.

"흠, 겨우 이 정도인가? 의외로 숫자가 적군."

혀로 입술을 핥은 리오는 강제로 소환된 나머지 당황하고 있는 그람로니언들을 향해 걸어갔다.

소환된 그람로니언은 대부분이 개성적인 갑옷을 입고 있었다. 색도, 형태도 달랐고 사용하는 무기마저 제각각이었다.

잠재적인 강력함도 마르코가 지휘한 기사단의 일원들과는 비교가 되지 않았다. 그들은 낯선 살기를 대량으로 뿌리며 자신들에게 접근해 오는 리오를 포착하자마자 재빨리 전투를 준비했다.

그들 대부분이 폭발과 함께 하늘로 솟구치는 아군의 잔해를 목격했다.

대항하는 자들도 있었지만 단숨에 모든 걸 잃고 박살났다. 그람로니언들은 동족들을 손도 대지 않고 으깨며 다가오는 회색 망토의 인간이 마치 악몽의 단편처럼 보였다.

파편들뿐만 아니라 주변 땅에 깔려 있던 수풀들도 중력에서 강제로 벗어나 하늘로 흩날렸다.

그람로니언들의 눈에 핏발이 섰다.

'이건 대체 무슨 상황이란 말인가?'

그 상태로 리오가 돌진했다. 그저 검을 들고 내달린 것뿐이지만 그와 그람로니언들 사이에 흐르던 공기가 압축되어 그람로니언들의 자세를 순식간에 무너뜨렸다.

인간, 그리고 수인들을 학살한 경험밖에 없던 그람로니언들은 자신들이 반대로 학살을 당하자 순식간에 정신이 붕괴되었다.

압도적인 수를 상대하고 있음에도 불구하고 리오는 청소를 하듯 상대를 밀어붙였다. 최근 말도 안 되는 강적들만 상대해 온 그에겐 오히려 즐기고 싶은 상황이었다.

학살당하는 그람로니언들 가운데에서도 리오의 움직임을 필사적으로 쫓는 자들이 있었다.

근처에서 상승하는 마력을 감지하던 리오는 검을 휘둘러 만든 압력으로 주변의 적들을 일제히 찌부러뜨린 뒤 자신을 마법으로 조준하고 있는 자를 돌아봤다.

그람로니언 여성이었다.

녹색의 장발을 위로 틀어 올린 그녀는 눈에 이상한 안경을 쓰고 있었다. 검은 빛이 섞인 동그란 렌즈를 끼운 안경이었다.

복장도 특이했다. 옷을 입었다기보다는 하얀색 가죽조각들을 몸에 붙여 특정 부위를 가리고 있다는 표현이 더 어울리는 과감한 모습이었다.

리오는 위를 쳐다봤다. 하늘로부터 상당한 열기가 쏟아지고 있었다.

"여어."

리오는 자신을 향해 떨어지는 불꽃 기둥의 모습을 즐겼다.

마법의 충격이 지축을 흔들었다. 불기둥 내에 있는 그람로니언들은 물론 꽤 먼 거리에 있는 수풀까지도 구워 버릴 만큼 강력한 열기가 주변에 퍼졌다.

화염이 최종적으로 집어삼킨 범위는 작은 규모의 마을이 들어갈 정도의 넓이였다.

마법을 사용한 그람로니언 여성은 숨을 헐떡였다.

"뭐하는 괴물인진 몰라도… 이걸로 끝이야!"

공포를 물리쳤다는 기쁨에 그녀는 쾌감을 느꼈다. 그러나 그 마음은 하늘 높이 솟은 불길 속에서 대검을 빙글빙글 돌리는 검은색의 인영(人影)을 보고 얼음처럼 식었다.

몇 분 뒤, 리오가 마르코와 카샤가 있는 막사에 돌아왔다.

그람로니언의 잔해는 밖에서 정리하고 왔는지 냄새 등은 나지 않았지만, 카샤는 수천을 간단히 학살하고 돌아온 주제에 오히려 상쾌한 표정을 짓고 있는 리오의 모습이 조금은 부담스러웠다.
"미안한데 아직 안 끝났어."
"아, 안 끝났다니?"
리오는 마르코의 몸에 다시 디바이너를 댔다.
"전부 불러낸 것 같진 않더라고. 이 녀석으로 부를 수 있는 만큼 불러내야지."
"또 학살하겠다는 건가?"
"너 좋으라고 하는 일이야. 놈들을 털어낼 수 있을 만큼 털어내야 네가 이곳에서 빨리 벗어날 수 있다고."
틀린 말은 아니었다. 또한 그람로니언은 정상적인 생명체와는 거리가 먼 존재였다.
하지만 카샤는 자신 때문에 수천이 넘는 의식들이 한꺼번에 사라지는 느낌을 또다시 겪고 싶진 않았다.
리오는 아까와는 다른 색깔의 힘을 마르코의 몸에 주입했다.
"한꺼번에 몇 만 명이 넘는 그람로니언이 단시간에 몰살당하면 어떻게든 이변이 일어나겠지. 그러니 조금만 참아봐. 분명 하늘에서 우리를 굽어살펴 줄 테니까."

"하늘에서?"

"그래. 그 정도의 일이 아니면 코빼기도 안 비치는 배부른 놈들이거든."

리오가 전달하는 힘이 강해지자 의식을 잃고 있던 마르코 슈플리에가 다시 눈을 뜨고 비명을 질렀다.

"아아아, 아아아아아!"

"어이, 벌써 비명인가? 이건 고문 축에도 안 들어. 인간이 아이를 낳는 것보다 덜 고통스러운 일이라고."

리오의 얼굴에서 웃음이 사라지지 않았다.

카샤는 마르코의 몸에 반응하여 다시금 강제로 소환되는 그람로니언들을 감지했다.

"대체 몇 만 명을 죽여야 올까나?"

리오는 밭을 일구러 가는 농사꾼처럼 디바이너를 어깨에 댄 채 다시 막사 밖으로 나갔다.

*　　　*　　　*

어제 처음 만난 사람인 리오를 하염없이 기다리는 신세가 된 딩고는 친구들과 함께 멍하니 시간을 보냈다.

어제의 피곤함 때문인지 에텔라이저인 리엘은 딩고의 옆에서 곤히 자고 있었다.

'리엘도 자긴 자는구나.'

웅크려 앉아 그녀의 얼굴을 보는 딩고의 모습은 라스티의 표적이 되어 있었다.

"그 리오라는 사람, 어떻게 생각해?"

라스티가 상대의 관심을 가져올 만한 질문을 던져 봤다.

"아, 그 사람?"

딩고는 팔짱을 끼고 눈을 감으며 아직까지도 낯선 그 남자를 떠올려 봤다.

같이 지낸 시간은 얼마 안 됐지만 그의 이미지는 뚜렷했다. 붉은 장발에 회색 망토 차림, 그리고 왼쪽 눈을 가린 붕대와 보기 드문 보라색 금속의 대검 등등.

"일단 인간은 아니지요."

딩고가 대답하기도 전에 리엘이 눈을 반짝 뜨고 상체를 일으켰다.

"역시 그렇지?"

라스티가 확인하듯 물었다.

"전투에 대한 이해 및 방식이 우리와는 근본적으로 달랐습니다. 그람로니언 따위가 아니라 우리가 상상하지 못할 만큼 강력한 존재와 대적하기 위해 태어난… 아니, 만들어진 존재라고 해야겠지요."

리엘은 어제 봤던 리오의 전투를 회상했다.

"우리는 세상에 적용된 법칙 이상의 일을 할 수가 없습니다. 마법은 약간 예외지만 무기를 이용한 전투는 힘과 무게, 속도의 지배를 받지요. 그러나 그는 달랐습니다. 단 한 번의 일격에 갑옷을 입은 그람로니언이 으깨지는 모습을 모두 보셨지요?"

리엘이 묻자 둘은 서둘러 고개를 끄덕였다.

"검을 움직이는 힘과 속도부터 인간의 한계를 훨씬 넘어섰지만 무엇보다 검에 실리는 중량이 달랐습니다. 중력이 오직 그 검에만 달리 적용되는 것처럼 보이더군요. 적을 타격하는 순간에만 말이지요."

"확실히 그런 느낌이었지."

라스티가 끄덕거렸다.

"그 결과 공성병기가 아니면 불가능한 파괴력을 키가 평균보다 클 뿐인 인간이 보유하게 된 것입니다."

"간단하게 말이지?"

"그렇습니다."

질문한 딩고와 대답한 리엘 모두 표정이 좋지 않았다.

"마법을 사용하는 개념도 달랐습니다. 마법 주문을 음성이나 도형으로 완성시키는 것이 아니라 머릿속에서 계산해서 사용하는 것처럼 보였습니다. 주문 완성 속도는 따지기가 어려울 정도였고 마력의 수준은 제가 알고 있는 역대의 모든 마법사들을 아득히 능가했습니다."

"흠, 다들 모르지? 그가 레온 앞에서 한 짓을 말해줄까?"

라스티는 촛불 아래에서 무서운 이야기를 꺼내기 직전의 소녀처럼 조심스레 말했다.

"자기 머리에 대고 석궁을 쐈어. 그것도 저격용의 대형 석궁을 말이야. 그런데 화살이 꺾여 튕겨 나갔대. 그 남자의 머리는 멀쩡했고 화살촉은 뭉그러졌지."

"그 정도의 보호 수단까지 갖추고 있다면 그는 단독으로 그람로니언 전체를 상대할 수 있겠군요."

리엘의 코끝에서 한숨이 나왔다.

"우리는 지금까지 왜 그 고생을 했을까요? 그 남자 한 명 때문에 마치 우리가 존재하는 의미까지 퇴색당하는 것 같군요. 저는 무려 수백 년 동안 헛짓을 했고 말이지요."

"너무 비약적으로 생각하진 마."

딩고는 웃었지만 그 역시도 리엘과 비슷한 생각을 품고 있었다.

마르코 슈플리에와 치렀던 전투는 그에게 굉장한 인상을 심어주었다. 그람로니언의 강대함과 그 뒤에 도사리는 모든 것들이 아득하게 느껴지는 계기이기도 했다.

하지만 막상 리오의 전투 능력에 대입해 보면 그 마르코마저도 장난감 취급을 당하지 않을까 하는 생각이 들었다.

그렇다면 딩고가 자신의 육체를 잃으면서까지 해왔던 모험은 그 근본부터 의미를 잃을 수도 있었다.

"알테라께서 보내신 자일지도 모르겠군요."

리엘의 예상에 모두가 고개를 들었다.

"알테라?"

"현존하는 진짜 신이지요. 이 세상의 모든 것에 관여하고 있으며 그람로어와도 관련이 있다고 전해집니다."

딩고는 입술을 동그랗게 모으며 감탄했다.

"정말?"

"괜히 신이라 불리는 것이 아닙니다. 하지만 그 리오 스나이퍼라는 자가 신께서 내리신 자라면 왜 주인님과 접촉하려 했을까요?"

대답할 수 있는 사람은 없었다.

그로부터 몇 분 뒤였다.

셋은 귀가 멍해지는 느낌에 서로를 보며 이름을 불렀지만 그들은 아무것도 들을 수 없었다. 일단은 인간인 라스티는 물론 에텔라이저 상태인 딩고와 리엘도 청각이 마비되었다.

청각뿐만 아니라 촉각과 후각도 마찬가지였다. 시각에는

문제가 없었으나 주변의 사물 전체가 여러 개로 겹쳐 보이는 현상이 일어났다.

그 현상에 대한 지식을 가진 존재는 리엘뿐이었다.

'누군가가 이 세상 전체에 간섭해 오고 있어! 시공간마저 비틀면서!'

그런 것을 경험해 봤기에 내놓은 결론이 아니었다. 그냥 그렇게밖에 생각되지 않는 현상이었다.

그 이상 현상이 끝난 뒤, 셋은 청각을 비롯해서 다시 돌아온 각종 감각에 놀라 몸을 움츠렸다. 에텔라이저이기 때문에 감각이 인간보다 민감한 리엘과 딩고는 그 정도가 더 심했다.

"대체 뭐였지?"

딩고가 귀와 코를 만지며 물었다.

"뭔가 굉장히 심각한 일임에는 분명합니다, 주인님. 이 세상 전체가 어떤 강대한 힘에 영향을 받았습니다. 그냥 넘길 일이 아닙니다."

진지하게 대답한 리엘은 정신을 놓을 틈도 없이 건물 바깥쪽을 향해 고개를 돌렸다.

"라스티님의 정령결계가……."

말이 끝나기도 전에 라스티가 귓구멍과 코에서 피를 흘리며 앞으로 쓰러졌다.

그녀가 불러내어 경비로 세웠던 정령들이 모조리 박살 나면서 입은 마력의 역류 현상이었다.

그 다음에 일어난 일은 모두의 예상과 달리 예의가 있었다.

누군가가 문을 열고 집 안으로 들어왔다.

한 명은 누더기에 가까운 옷을 입은 검은 장발의 여성이었고 다른 한 명은 매우 큰 키에 화려하게 구불거리는 금발이 눈에 띄는 여성이었다.

둘 다 미인이었지만 검은 장발의 여성은 그 수준이 이상했다.

같은 여성들이 보기에 경외감이 들 정도였다. 그냥 단순히 예쁘거나 아름다워서가 아니었다. 지금 당장에라도 엎드려 맞이하고 싶은 마음이 진심으로 우러나는 외모였다.

특히 그 올리브색 눈동자는 마주볼 수가 없었다. 그냥 흘끔 지나친 것만으로도 생전 경험한 적이 없는 감동에 심장이 뛰었다.

"실례하오."

검은 머리의 여성이 말했다.

깊은 울림의 목소리였다. 목소리를 들은 것뿐인데도 라스티가 마력의 역류로 인해 입은 부상에서 회복되어 스스로 허리를 폈다.

뿐만 아니라 그녀는 눈물을 주르륵 흘렸다.

"인간과… 인간의 모습을 한 이 세계의 주민들이여, 우리는 어떤 사람을 찾아 이곳에 왔소."

셋은 말문이 막히고 온몸이 억눌려 응접을 하지 못했다.

검은머리의 여성이 약간 불쾌해하자 곁에 있던 금발의 여성이 허리를 굽혀 그녀에게 속삭였다.

"이들의 육체와 정신은 당신이라는 신성한 존재를 견딜 수 없습니다. 주의하십시오."

"아, 내가 내 친구들과 함께 있을 때만 생각했군."

검은머리의 여성이 숨을 가볍게 내쉬자 딩고를 비롯한 세 명이 일제히 기침하며 고통스러워했다.

"큰 실례를 했소."

검은머리의 여성이 자신의 가슴 한가운데에 오른손을 얹고 묵례를 했다.

"이곳에 나의 주인께서 머무르셨던 흔적이 느껴지는구려."

"주인이라고요?"

딩고가 사색이 되어 물었다.

"그렇소. 리오 스나이퍼라는 이름의 남자분이시오."

"……."

"아, 또 실례를 했구려. 내 이름은 아테나라고 하오. 그리고 이쪽은……."

자신을 아테나라 밝힌 여성이 옆에 있는 금발의 여성을 쳐다봤다.

"엠프레스라고 하오."

무슨 계급처럼 들리는 이름이었지만 셋은 본능적으로 그 두 명 모두가 리오 이상의 괴물이라는 것을 직감했다.

금발의 여성, 엠프레스가 눈을 좌우로 움직였다.

"아테나님, 이곳에 있을 필요가 없을 것 같습니다."

"음, 그렇군. 방금 나도 느꼈네."

아테나가 밝게 웃었다. 하지만 그 미소의 한구석에는 걱정도 깔려 있었다.

그녀의 미소에 반응하듯 리엘과 딩고의 몸이 황금색으로 빛을 냈다.

딩고는 그 까닭을 몰랐지만 리엘은 아테나의 미소와 더불어 엄청난 수준의 힘이 자신들에게 공급되고 있음을 감지했다.

'이것은… 축복? 행복함? 그리고 신성함?'

리엘은 흥분되었다. 그 아테나라는 존재가 어떠한 종류의 정신생명체인지 어렴풋이 느낀 것이다.

강제 종료 269

"어서 가세나."

"그러지요."

엠프레스가 바람처럼 밖으로 나간 것과 달리 아테나는 셋에게 다시 묵례를 한 후 문을 조용히 닫고 떠났다.

리엘은 그들을 뒤쫓듯 문을 박차고 나갔다. 딩고와 라스티도 그녀를 따랐다.

셋은 폐허가 된 도시 전체에 피어난 온갖 꽃들의 모습에 절로 걸음을 늦췄다.

비옥하고 깨끗한 토지 위에 계절을 구분하여 피어야 할 꽃들이 모든 것을 무시하고 활짝 피어 있었다.

그 땅에 충만한 생명력은 도시의 난민들에게마저 생기를 불어넣어 주고 있었다.

잎사귀조차 없던 나무들마저 녹색 잎으로 잔뜩 부푼 채 꽃가루를 날리며 건강을 뽐내었다.

변한 것은 생물들만이 아니었다. 기온과 습도는 최적이었고 심지어 오랫동안 축적되어야 할 태양과 달의 힘까지 온 천지에 충만해 있었다.

"기적······!"

리엘이 눈물을 흘리며 꽃밭 위에 무릎을 꿇었다.

"신의 기적입니다, 주인님! 진짜 신이 우리 앞에 강림하시어 저 앞을 걸어가고 계십니다!"

그러나 찾아온 것은 수호신의 행복이 불러온 기적만이 아니었다.

도시 상공에 하얗게 발광하는 고리가 커다랗게 맺어졌다.

그 고리로부터 떨어진 것은 붉은색의 바위들을 뭉쳐 만든 듯한 거인이었다.

하늘을 가르며 땅에 떨어진 그 거인은 착지만으로 땅을 쪼개고 아테나가 불러온 기적을 제거할 수 있는 범위 내에서 모조리 산화시켜 버렸다.

일반 생물은 경험한 적도, 소화할 수도 없는 적대감이 그 거인을 중심으로 세상에 퍼졌다.

하늘에 나타난 고리는 하나만이 아니었다.

다섯 개의 고리가 더 나타나면서 같은 색의 거인들이 착지해 도시를 완파시키고 난민들을 짓밟았다.

아테나와 엠프레스는 이 세계의 모든 이야기를 엉망으로 만들며 나타난 그 거인들을 불쾌한 얼굴로 바라봤다.

"정말 예의를 모르는 존재들이군."

아테나의 왼편에는 그 거인들의 착지에 휘말려 가루가 되었어야 할 도시의 난민들이 모여 있었다. 그들이 위험에 빠지기 직전에 아테나가 위치를 옮긴 후 재해를 제거하는 권능을 걸어버린 것이다.

"사냥꾼들이란 원래 그러하지요."

엠프레스의 오른손에 커다란 낫이 들렸다.

그녀가 보는 앞에서 여섯 개체의 거인, 아니 초중량급 사냥꾼들이 분노하듯 몸을 진동시켰다.

하늘은 물론 땅의 구성 법칙이 사냥꾼들의 존재감을 이기지 못하고 붕괴되어 새카맣게 물들었다.

"저들은 제가 맡겠습니다. 가십시오, 아테나님."

"무운을 빌겠네."

아테나가 돌아서서 걸음을 옮겼다.

누더기에 불과했던 그녀의 복장이 담백한 은색을 발하는 전신갑옷으로 변했다. 더불어 부드럽게 보이기만 했던 그녀의 두 손에 두 자루의 창이 각각 쥐어졌다.

여섯 개체의 사냥꾼 중 하나가 아테나의 앞으로 워프하여 나타났다.

"실례를."

엠프레스의 낫이 아테나의 머리 위에서 번뜩였다.

붕괴된 하늘의 한가운데에 낫의 궤도에 맞춰 일직선의 균열이 일어났다.

그 균열의 위쪽과 아래쪽이 송곳처럼 꼬이더니 아테나 앞에 나타난 초중량급 사냥꾼을 사이에 두고 돌진했다.

산처럼 거대하여 도저히 대적할 수 없을 것만 같던 그 사냥꾼이 목각인형처럼 가볍게 떠오르고는 서로 꼬인 채 격돌하는 공간 사이에서 처절하게 분쇄되었다.

그 광경을 지켜보는 딩고, 리엘, 그리고 라스티의 상식도 함께 파괴되고 있었다.

"프라임, 사이악스가 자네를 신뢰하는 이유를 알 것 같군. 탐이 나는 무력일세."

빙긋 웃은 아테나는 자신의 목적지를 향해 사라졌다.

남은 사냥꾼들을 향해 돌아선 엠프레스가 하늘로 솟구쳐 올랐다.

"주인님이시여, 이 작고 가련한 존재가 당신께 청하옵니다. 부디 저희를 버리지 마시고 굽어살펴 주시옵소서."

비장하게 중얼거린 엠프레스는 곧바로 사냥꾼 한 개체의 앞으로 이동하여 발로 상대의 가슴을 걷어찼다.

그 충격으로 지평선은 물론 행성의 자기장까지 뭉개지면서 땅에서는 볼 수 없는 거대한 번개가 뒤로 밀려 나가는 사냥꾼을 뒤따르며 떨어졌다.

*　　*　　*

수만 명의 그람로니언을 한자리에서 학살한 리오는 어깨를 주무르며 하늘을 바라봤다.

"아, 드디어 오셨군."

그는 천공을 가르며 자신을 향해 강림하는 누군가의 모습을 반갑게 바라봤다.

그를 바라보며 내려온 존재는 꽤 볼륨감이 있는 몸매를 가진 여성이었다.

마치 왕관처럼 사납게 말려 올라간 금발과 날카로운 삼각형의 안경이 그녀의 냉엄한 인상과 어울려 굉장한 압력을 자랑했다.

그녀의 등에는 금색의 기계골격이 뚜렷이 드러난 40여 장의 날개가 찬란히 빛나고 있었다. 또한 오른손에 들린 창은 땅에 깔린 그람로니언들의 갑옷 조각을 단숨에 증발시킬 만큼 강력한 전류를 뿌려댔다.

"성계신, 알테라님의 요청을 받아 그대를 심판하러 왔노라."

그녀가 창끝을 리오 쪽으로 내밀며 선언했다.

"그러시겠지."

리오는 키득거리며 어깨를 으쓱했다.

하늘에서 강림한 그녀는 상당히 어이없어 했다.

"나는 신의 무력을 대행하는 자. 이 세계의 신을 두려워하게 만든 자여, 그대의 정체와 그대가 발휘하는 그 사악한 힘의 원천을 밝혀라."

그녀가 쩌렁쩌렁한 음성으로 위협을 했음에도 불구하고 리오의 표정에는 여유와 반가움이 흘러넘쳤다.

"우리 편하게 인사하자고. 서로 키스도 한 사이잖아?"

"뭣이?"

위엄에 넘치던 그녀의 표정이 미묘해졌다.

"피엘 플레포스. 아니, 이 시간대에서는 천기병장이라는 이름으로 더 유명하려나?"

그가 자신의 이름과 별명을 정확히 말하자 그 금발의 여성은 당혹감에 빠졌다.

"내 이름과 별명을 아는 것이 그다지 놀라운 일은 아니지만… 그대는 대체 어느 곳의 관계자인가?"

"흠, 의외인걸?"

리오는 그녀, 피엘이 자신을 알아보지 못하자 실망스러운 표정을 지었다.

엄밀히 따지자면 아카식 레코드의 기록에 불과한 그녀이기에 기록상으로도 한참 후에나 나타날 리오를 개인적으로 알아볼 리는 없었다.

리오 역시 알고는 있었지만 그가 실망한 것은 자신이 사용하고 있는 장비만 봐도 주신계 소속임을 알아차릴 줄 알았던 그녀가 전혀 그러지 못하고 있다는 점이었다.

리오는 디바이너를 들어 좌우로 흔들었다.

강제 종료 275

"이 검의 재질과 최초 제작자 정도는 알아볼 수 있을 텐데?"

그러나 피엘은 인상만 구길 뿐이었다.

"쓸데없는 짓을 하는군. 내 눈을 혼란시켜 무엇을 얻겠다는 것인가?"

"뭐라고?"

리오는 뒤이어 자신의 망토를 흔들었다.

"이 망토의 재질도 모른다고 하진 않겠지? 이건 브리간트의 날개 가죽으로 만든……."

말하는 도중, 리오는 피엘이 들고 있는 창인 '지노그'가 꽤 큰 구경의 대포로 변하는 것을 목격했다.

피엘이 쏜 푸른색의 광선이 리오의 검에 충돌하여 하늘로 꺾여 올라갔다.

그가 그런 식으로 막아내지 않았다면 막사 안에 숨어 있는 카샤는 재도 남기지 못하고 분해됐을 것이다.

"하, 내가 생각을 잘못한 것 같군."

리오는 쓴웃음을 지었다.

"더 이상 놀리지 않을 테니 잠깐 기다려 주겠나? 내 친구가 좀 걱정돼서 말이지."

피엘은 막사에서 머리만 내민 채 자신들을 보고 있는 카샤에게 시선을 주었다.

"이제 와서 도망칠 생각은 아니겠지?"

"전혀."

리오는 손을 흔들었다.

"미련없이 당신을 두들겨 팰 기회라고. 내가 이걸 놓칠 것 같아?"

리오가 그렇게 이야기하자 피엘은 자신과 저 낯선 남자 사이에 무슨 인연이 있는지 진심으로 궁금해졌다.

막사로 간 리오는 카샤 앞에 숙여 앉은 후 그녀의 머리를 만져주었다.

"험한 꼴을 보게 했네. 미안하게 됐어, 정말."

"음, 아닐세."

카샤는 손을 뻗어 리오의 어깨를 토닥였다.

"나를 위해서 한 일이지 않나?"

"후후, 키르히가 왜 너를 구하려고 하는지 이해할 것 같군."

"그런가?"

"넌 남자를 끄는 매력이 있는 여자야."

리오는 자신의 망토를 벗어서 그녀에게 씌워주었다.

"싸움이 끝날 때까지 이걸 벗지 마. 알았지?"

"이걸로 감당이 될까 모르겠군."

카샤는 방금 피엘이 리오에게 쐈던 공격의 위력을 제법

잘 이해하고 있었다.

"망토 자체의 방어 능력 외에도 내가 수를 써놨어. 이 행성이 부서진다 해도 이 망토 안에만 있으면 문제없을 거야."

"알았네."

카샤가 망토 밖으로 팔을 내밀어 흔들었다. 리오는 한 번 더 웃어준 뒤 막사 밖으로 나갔다.

일명 '브리간트 기어'라고 불리는 그의 복장이 검은 안개에 휩싸인 후 그가 즐겨 입는 검은색 가죽재킷 차림으로 변했다.

그사이 땅에 내려와 있던 피엘은 자신에게 다가오는 리오를 보며 안경을 고쳐 썼다.

"저 소녀를 대하는 모습을 보면 사악한 자는 아닌 것 같은데, 왜 이런 학살을 저질렀나?"

"그 전에 에텔라이저라고 들어보긴 했나?"

"에텔라이저?"

"아리스톤 합금의 제조과정이 유출되어 만들어진 물건이야. 이 세계에서 문제를 일으키고 있지."

아리스톤 합금이라는 말에 피엘의 안색이 대번에 변했다.

"그대가 어째서 주신계의 물건에 대해 아는 건가? 게다가 유출이라니? 웃기는 소리로군! 단순히 제조과정이 유출되고 물질구조가 분석된다고 해서 지상에 퍼질 수 있는 금속이 아니란 말이다!"

"생명체의 영혼을 주입해서 금속의 특성을 아리스톤에 가깝게 끌어올리더군. 의심되면 그 '알테라' 라는 성계신에게 물어보든지. 이곳 생명체들이 성계신의 이름을 아주 잘 알던데?"

"뭐라고?"

신의 이름이 널리 알려지는 것은 하이볼크가 정한 철칙에 위배되는 사항이었다.

"그 전에, 일단 나와 좀 겨뤄보는 게 어때? 난 당신이라는 여자를 못 때려서 한이 맺힌 사람이야."

"대체 나와 그대 사이에 무슨 악연이 있다는 건가?"

"여자가 한이 맺히면 서리가 내리고 남자가 한이 맺히면 미친다고 하지. 내가 그 경우야."

"무슨……!"

이유를 다시 물으려 하는 피엘의 머리 위로 짙은 보라색의 섬광이 휘어져 들어왔다.

창으로 그 공격을 걷어내려다가 힘에서 밀려 창을 놓쳐버린 피엘은 결국 왼손으로 디바이너의 칼날을 잡아 막아냈다.

역사적으로 따졌을 때 그 시대의 피엘은 절대 경험할 수 없는 압도적인 힘이었다.

리오는 피엘을 밀어붙이며 웃었다.

"뭐, 나도 내가 이렇게 소심할 줄은 몰랐지만."

"도저히 모를 남자로군!"

그녀가 쓰고 있던 안경이 일순간 형태가 변했다.

그냥 모습이 날카로운 안경에서 이마 아래와 콧등을 완전히 덮는 두꺼운 보호구의 모습이었다.

리오는 그것이 무엇을 의미하는지 알고 있었다.

'공성형태 5번? 지노그는 방금 쳐 냈는데?'

그런 줄 알았던 지노그가 피엘의 오른손 손바닥 밖으로 솟아나왔다.

창의 모습에서 거대한 총의 모습으로 둔갑한 지노그는 흰색의 전류를 흘리며 살기를 뿜어냈다.

'후, 천기병장 시절이라 이거지?'

리오는 상대의 그 기계적인 모습을 보고 묘하게 흥분되었다.

피엘의 양어깨와 다리에 두꺼운 갑옷처럼 보이는 것들이 나타나 달라붙었다. 그 모든 것이 지노그와 그녀의 몸을 이루고 있는 아리스톤 합금이 만들어내는 '기적'이었다.

갑옷들에서 발휘된 중력의 힘이 큰 배의 닻처럼 그녀의

자세를 고정시켜 주었다.

리오는 디바이너를 빼려 했지만 피엘의 손아귀 힘은 상상 이상이었다.

"그렇게 지껄여 놓고 후회하는 건 아니겠지?"

그녀가 중얼거린 직후, 천둥 소리가 터지고 순백색의 번개가 작렬했다.

총의 형태가 된 지노그는 리오의 복부에 그 매서운 번개를 쑤셔 박았다.

그러나 리오가 몸에 두르고 있는 결계의 수준은 피엘의 계산을 초월하고 있었다.

"놓칠 수 없는 기회라고 했을 텐데?"

리오는 무릎으로 지노그의 포신을 쳐 낸 뒤 그대로 다리를 뻗어 피엘의 얼굴을 걷어찼다.

동시에 디바이너에 힘을 주어 칼날을 붙잡고 있는 피엘의 손가락도 잘라 버렸다.

기회를 잡은 리오는 몸을 돌려 디바이너를 크게 휘둘렀다.

피엘은 그의 기대와 달리 그 자리에서 사라진 후 조금 떨어진 곳에 다시 나타났다.

그녀는 자신의 무장을 다시 원래의 모습으로 되돌렸다. 어깨와 발, 그리고 등에 달린 것들은 빛으로 돌아갔고 지노그도 다시 창의 형태로 바뀌었다.

"아스가르드식의 전투 기술이군. 그대는 옛 신계의 잔재인가?"

"그냥 당신한테 악감정 있는 남자라니까?"

리오가 고속으로 돌진해 오자 하얀 번개가 터지며 지노그의 모습이 검으로 바뀌었다. 디바이너보다 훨씬 더 두껍고 긴 양손대검이었다.

두 검이 거의 동일한 속도로 격돌하면서 주변에 새로운 계곡들을 무수히 만들었다.

리오가 보장한 대로 망토 안의 카샤는 무사했지만 그녀가 있던 막사와 마르코 슈플리에의 몸뚱이는 흔적도 없이 사라졌다.

"역시! 당신이란 여자는 서류 정리나 하면서 남들 뒤치다꺼리를 할 존재가 아니었어! 하이볼크가 끝까지 숨기려 했던 최대의 무기였다고!"

리오가 미친 듯이 웃으며 검을 움직였다.

피엘은 자신의 한계 속도와 맞먹을 만큼 빠르게 움직이는 적수를 이해할 수가 없었다.

"나에 대해 대체 어디까지 알고 있는 건가?"

"연애를 더럽게 못한다는 것 정도?"

그 한마디가 피엘의 냉정함에 큰 흠집을 냈다.

"지저분한 주둥이를 가진 자로다!"

피엘의 왼손 주먹이 큰 파동을 일으키며 리오를 밀어냈다.

"그대의 이름을 듣지 못했군."

피엘이 안경을 벗어 던지며 공격적으로 물었다. 눈빛은 살기에 차올라 빨갛게 보일 정도였다.

"리오 스나이퍼라고 하는데?"

"그렇군, 리오 스나이퍼. 나와 싸우려 한 것을 후회하게 해주마!"

"그래, 그 얼굴이야! 진심으로 덤비라고!"

리오가 그녀를 계속해서 도발했다.

피엘이 든 양손대검의 칼날에 빛의 균열이 생겼다.

그 두껍고 긴 칼날은 균열을 따라 나뉘졌고 칼날과 칼날 사이에는 두꺼운 쇠줄이 존재했다.

검 전체가 큰 뱀처럼 출렁거렸다. 그것은 이미 검이라기보다는 칼날이 달린 채찍이었다. 대검의 칼날이 나뉘어 만들어진 각각의 칼날들은 피부는 물론 금속도도 찢어발기기에 충분했다.

채찍의 칼날이 살아 있는 짐승마냥 리오를 휘감았다.

'칼날 하나하나가 저 여자의 의지에 따라 움직이는군!'

리오는 결계로 그 칼날의 채찍을 막아내려 했으나 칼날

들은 그 결계들을 아주 간단히 베고 깎아냈다.

'내가 왜 막을 생각을 했을까? 이건 지노그잖아? 올림포스의 신, 제우스가 사용한 무기라고!'

그냥 단순히 발휘한 결계로 막아낼 수 있는 무기가 아니었다.

공중으로 몸을 틀어 자신을 조여드는 채찍을 피한 리오는 자신의 감각을 의심했다.

분명 피했다고 생각한 그 채찍의 끝이 독사의 이빨처럼 자신의 뒷덜미를 노리고 있었다.

디바이너를 뒤로 휘둘러 채찍을 쳐 낸 리오는 채찍이 나온 장소를 보고 웃었다.

'오비탈 드라이브!'

오비탈 드라이브의 두 번째 단계, 웜 홀이 리오가 감지했던 장소에 존재하고 있었다.

'저 여자가 휀의 스승이라는 걸 잠깐 잊었군.'

리오는 과거 아테나를 상대할 때 느꼈던 것만큼의 압박감을 피엘에게서도 느낄 수 있었다.

"굉장하군."

검을 수습한 피엘이 진심으로 감탄했다.

"전투 능력만 봤을 때는 나무랄 곳이 없어. 내가 왜 그대 같은 존재와 악연이 됐는지 궁금하군. 뭔가 사연이라도 있나?"

"음······."

콧소리를 낸 리오는 디바이너를 어깨에 걸쳤다. 당장은 공격하지 않겠다는 뜻이었다.

"혹시 하이엘바인이라는 이름을 들어봤나?"

그의 질문에 피엘의 눈이 가늘어졌다.

"우연히 지껄인 게 아니라면 정말 놀랍군. 그 이름은 주신계에서도 접근 가능 등급이 가장 높은 기밀이지. 왜 그대가 그분의 이름을 알고 있는 건가?"

"당신, 하이볼크가 하이엘바인을 꿈꾸며 개조한 존재잖아? 몸 전체를 아리스톤으로 바꿔가면서 말이야."

무기를 쥔 피엘의 주먹에 힘이 들어갔다.

"아까도 물었을 것이다! 대체 나에 대해서 어디까지 알고 있는 건가!"

"전부 알지는 못하지. 이 분위기에서 이런 말을 하기는 좀 그렇지만······."

리오는 왼손으로 눈을 가린 붕대를 만지며 잠시 시간을 끌었다.

"난 당신이 진심으로 웃는 모습을 본 적이 없어."

"······."

"물론 전부 알고 싶다는 얘기는 아니야."

피엘은 그의 말을 이해할 수가 없었다. 자신은 상대를 오늘 처음 보는데 상대는 자신을 오랫동안 봐왔다는 듯이 이야기하고 있었기 때문이다.

"난 당신을 정말 싫어하거든. 아니, 껄끄럽다고 해야 하나? 아무튼 마음에 든 적이 단 한 번도 없지."

"그렇다면 왜 계속 지껄이는 건가?"

"불쌍하더라고."

리오는 아테나와 키르히를 구출할 때 피엘이 하이볼크의 의지에 의해 자신을 공격할 때의 모습을 잊을 수가 없었다.

리오는 그녀가 그렇게 행동할 것임을 애초부터 예상하고 있었다. 피엘 스스로도 자신이 그렇게 행동할 수 있음을 예고하기도 했다.

하지만 막상 그 모습을 봤을 때는 그녀 역시 희생자라는 생각을 했다. 그래서 저항없이 그녀의 공격을 받아들인 것이었다.

"뭐, 그뿐이야."

"진심으로 기분 나쁜 이유로군."

분노가 서린 목소리와 함께 피엘이 들고 있는 검이 모습을 바꿨다.

다시 하나가 된 검의 외곽선을 따라 날카로운 톱날들이 돋아났다. 그 톱날들은 칼자루 바로 위에 구축된 두툼한 장

치로 이어졌다.

"불쌍하다고? 이 피엘 플레포스가?"

피엘이 칼자루에 힘을 가하자 날카로운 바람 소리와 함께 칼날 위에 달린 톱날들이 고속으로 움직였다.

"뭘 안다고 지껄이는 건가! 내 앞에서 하이볼크님까지 욕보이다니, 참을 수가 없구나!"

"욕을 보여? 난 별말 안 했는데?"

리오가 사냥감의 꼬리를 잡은 사냥꾼처럼 활짝 웃었다.

"아하, 혹시 그건가? 당신을 그렇게 개조한 하이볼크를 당신 스스로가 탓한 적이 있나 보지? 당신, 아마 개조가 끝나자마자 알아차렸을 거야. 하이볼크가 웃기지도 않는 위엄을 발휘하며 거짓말하고 있다는 사실을 말이야."

그의 지적에 피엘의 눈동자가 떨렸다.

"아리스톤 덕분에 신의 위엄에도 저항할 수 있는 존재가 당신이잖아? 안 그래?"

"그 입, 닥치지 못할까!"

피엘의 격분과 동시에 인근의 지각이 일제히 구겨졌다.

리오는 그녀의 진심 어린 분노를 즐겼다. 그런 그의 몸에서 검은색의 안개가 피어올라 그를 감쌌다.

그의 오른쪽 눈에서 터지는 붉은색 빛이 안개에 왜곡되어 흉악한 형태로 일그러졌다.

"원래 목적은 이게 아니었는데, 당신을 놀려 먹는 게 이렇게 즐거울 줄은 꿈에도 몰랐어. 우리 한 번 끝까지 놀아 볼까? 나를 이 세계에 빠뜨리고 유린하고 있는 '놈'이 놀라 자빠질 정도로 말이야!"

피엘의 모습이 리오의 왼편에서 나타났다. 오비탈 드라이브로 시간을 가속하여 이동한 것이었다.

그런 그녀의 코앞에서 디바이너가 날름거렸다.

전기톱처럼 변한 지노그와 디바이너 사이에서 장쾌한 불꽃이 튀었다.

"그거, 나도 쓸 수 있거든?"

리오의 모습이 사라지자 피엘의 모습도 사라졌다.

하늘과 땅에서 격돌의 충격파와 불꽃이 튀었다. 리오는 자신이 피엘을 공격하고 있다는 사실을 진심으로 즐겼고 피엘은 자신이 모시는 신의 존재마저 잊은 채 그를 상대했다.

결국 그녀까지 싸움꾼의 미소를 짓고 말았다.

'검의 성능은 변하지 않았다고 녀석이 말했지?'

리오는 디바이너, 아니 얼터너티브 디바이너의 초중량을 살려보기로 했다.

암석으로 된 산의 중량을 갖게 된 디바이너가 전과 같은 속도로 피엘을 노렸다.

갑작스런 중량 변화로 인해 중심을 잃은 피엘이 할 수 있는 것은 무기로 직접 방어하는 것뿐이었다.

'저 무기는……?'

피엘의 검이 일격을 견디지 못하고 파괴되었다. 피엘 자신도 몸에 걸린 힘을 이기지 못하고 하늘로 튕겨 나갔다.

리오가 그녀를 쫓아 이동하는 순간 멀쩡한 모습의 지노그가 그의 왼쪽 귀를 스쳤다.

'벌써 수복됐다고?'

리오의 몸을 지키는 결계가 모조리 날아간 대신 부상은 귓불이 조금 잘리는 것에 그쳤다.

'저 남자는 대체 몇 만 장의 결계를 사용한단 말인가?'

피엘은 창을 앞으로 뻗어 반격에 나섰다.

지노그의 끝이 자신의 얼굴을 향해 다가오는 것을 본 리오는 찰나의 시간 동안 당황했다.

'정말 재밌어!'

지노그를 향해 뻗은 리오의 손이, 손의 혈관들이 녹색으로 빛났다.

에너지와 에너지의 격렬한 충돌이 피엘과 리오 사이에서 일어났다.

대기의 한계 지점까지 튕겨 나간 피엘은 등의 날개들을

활짝 펼쳐 자세를 고정했다.
"지노그의 끝을 막았다고?"
그녀가 지노그의 성능을 발휘하여 내밀었던 충격 에너지는 행성의 안전을 전혀 고려하지 않은 광기 그 자체였다.
그러나 그 충격 에너지 자체가 사라지고 말았다. 게다가 상대는 방어용 결계를 완전히 상실한 상태였다.
피엘은 그런 일을 가능케 할 모든 가능성을 떠올려 봤지만 정답을 얻진 못했다.
다시 상대가 있는 장소로 내려가던 피엘은 이윽고 자신의 눈을 믿을 수가 없었다.
녹색으로 빛나는 리오의 왼손에는 바늘에 찔린 듯한 상처만이 존재했다.
'저 능력은… 충격마저 소멸시킬 수 있단 말인가?'
도박을 하듯 F.O.R을 사용했던 리오는 손에 난 상처를 보고 쓴웃음을 지었다.
'지노그라는 창이 저 정도로 무서운 무기였단 말이야? 아무리 F.O.R을 방어 수단으로 사용했지만 그 위력을 넘어설 줄은 몰랐군.'
손에 난 상처가 그 증거였다.
피엘이 그의 앞에 다시 내려와 창을 내밀었다. 지노그의 파괴 능력을 사용하지 않은 일반적인 공격이었지만 피엘 자신은 날개 전체에서 빛을 뿜으며 오비탈 드라이브를 사용하는 수준의 기동력을 발휘했다.

리오는 그녀의 공격을 검으로 일일이 튕겨내며 결계들을 복구했다.

"당신 잠깐 미쳤던 것 아닌가? 아까 그 공격이 제대로 들어왔으면 나만 박살 나는 걸로 끝나는 게 아니었다고."

피엘은 침묵한 채로 공격을 계속했다.

'뭔가 노리고 있나?'

리오는 조금 불안했다.

그녀가 내놓을 수 있는 공격은 그가 아는 한도 내에서 두 가지였다.

하나는 레퀴엠, 그리고 두 번째는 그녀가 리오를 공격함과 동시에 시공간 균열을 '용접' 해 버린 지노그의 포격이었다.

현재 그가 가늠한 피엘의 능력을 봤을 때 레퀴엠의 위력은 휀이 사용하는 그것을 충분히 능가하고도 남았다.

그리고 지노그의 포격은 그녀가 선택할 수 있는 최후의 수단이자 방금 리오가 F.O.R로 막아낸 것 공격 이상의 위력을 자랑했다.

'제정신이라면 포격을 사용하진 않겠지. 반동만으로도

이 행성의 환경이 망가질 테니까.'

그런데 그렇지 않았다.

그녀의 날개가 발광함과 동시에 리오의 목이 옆으로 꺾였다. 그녀의 최대 속도와 수십 번의 오비탈 드라이브가 동시에 발휘된 초고속의 공격이었다.

발차기로 리오의 결계를 모두 날리고 그의 목까지 꺾어버린 피엘은 자신의 날개를 몸에서 전부 분리한 뒤 그것으로 리오의 몸 전체를 꿰어 하늘을 향해 고정시켰다.

'저 여자한테 이런 수단이 있었나?'

리오는 어떻게든 이 상황에서 벗어나 보려 했으나 피엘의 지노그는 하늘에 뜬 리오를 향해 변형을 개시했다.

한 자루의 창이었던 지노그가 큰 전함의 모습을 한 초대형 대포로 바뀌었다. 질량보존 따위는 완전히 무시하는 행태였다.

대포의 형태는 괴이했다. 중앙에 뚫린 대형 포구만이 공격수단의 전부가 아니었다. 대포의 표면 곳곳에 크고 작은 대포들이 붙어 있었고 그 모든 대포의 방향이 리오 쪽으로 집중되었다.

'농담이 아니야! 연산압박으로 벗어날 수 있을까?'

긴장한 리오를 향해 피엘이 그녀답지 않은 미소를 지었다.

"장난을 과하게 쳤군, 리오 스나이퍼."

피엘의 두 눈이 검게 변했다. 눈동자뿐만 아니라 흰자위까지도 석탄처럼 새카맸다.

"무슨 생각인지 모르겠지만 네가 피엘 플레포스를 없앤다면 아카식 레코드에는 큰 장애가 발생하지. 혹시 그걸 알고 이런 짓을 벌인 것인가?"

피엘의 목소리가 아니었다.

리오를 이 아카식 레코드의 영역에 가둬버린 '그 존재'의 불쾌한 목소리였다.

"이 세계의 끝이 어떻게 됐는지 말해줄까? 이 행성의 성계신인 알테라는 딩고 슈케르와 그람로니언들의 대충돌로 인해 주신계의 감찰을 받았고 알테라를 비롯한 이 행성은 에텔라이저라는 문제점을 제거하기 위해 피엘 플레포스에게 소멸당하지."

"왠지 그럴 것 같았어."

리오는 여유를 부렸으나 피엘의 정신과 육체를 완전히 빼앗은 그 존재의 공격은 아직도 대기 중이었다.

"그런데 아카식 레코드에는 그 끝이 오류로 남아 있지. 넌 그 오점을 찾아낼 겸, 이 세계의 나약한 자들을 천천히 도살하면서 시간을 끌면 됐어. 그게 내가 너에게 준 임무였지."

"아, 그거 말이지? 좀 이상해서 말이야. 내가 카샤 덕분에 아카식 레코드의 간섭을 피하고 있는 걸 네가 모를 리 없잖아?"

"……."

"그런데 네놈이 어떤 조건을 동원해서 카샤를 내보내 주려고 하니까 도저히 믿을 수가 없더군. 내가 너였으면 저번처럼 사냥꾼들을 동원해서 카샤를 뭉개 버렸을 텐데 말이야. 혹시 네놈의 능력으로도 아카식 레코드에 들어온 카샤를 제거할 방법이 없었나? 그 오류인지, 오점인지 하는 걸 이용해서 카샤를 배출하려고 했나? 응?"

"호오."

그가 피엘의 얼굴을 이용하여 다시 웃었다.

"오딘이 네놈을 부활시켰다고 나에게 말했을 때가 기억나는군. 난 오딘이 아우터 갓의 능력으로 하이볼크 모르게 네놈을 부활시키고 연산능력을 확장시킨 줄 알았는데, 아무래도 오딘이 나에게 거짓말을 한 것 같군."

리오가 꿈틀했다.

"무슨 소리지?"

"알 필요 없다."

지노그의 모든 포구가 고속으로 달아올랐다.

"우선 네놈부터 제거하고 오딘과 하이볼크의 세계를 뭉

개주마. 모든 것을 다시 시작하기 전에 화풀이 정도는 해야겠지."

리오는 그가 무슨 소리를 하는지 예상조차 할 수 없었다.

피엘의 지노그가 발사되기 직전, 거대무기로 변한 그 올림포스의 보물이 유리처럼 부서져 흩어졌다.

검은 눈의 피엘은 지노그를 파괴한 힘이 닥쳐 온 방향으로 고개를 돌렸으나 은색의 충격파가 그를 덮치는 것이 더 빨랐다.

피엘로부터 검은색 눈의 유령 같은 존재가 튕겨 나갔다. 더불어 리오를 사로잡고 있던 피엘의 날개들도 부서져 사라졌다.

떨어지는 리오를 부축한 것은 은색 갑옷을 입은 검은색 머리의 여성, 아테나였다.

"아테나? 네가 언제 이 영역에 개입한 것이냐?"

검은색 눈의 존재가 그녀를 보며 분노했다.

슬프고 반가운 표정을 리오의 어깨에 묻고 그의 체온을 느끼던 아테나는 곧이어 신의 위엄을 발휘하며 상대를 응시했다.

"이곳에 나타나는 사냥꾼들은 아무래도 그대의 의사와는 관계가 없는 것 같군. 그대가 전지전능한 존재가 아니라는 사실이 증명되어 매우 기쁘구나."

그녀가 쥐고 있는 실물의 지노그가 검은색 눈의 존재에게 향했다.

"나의 주인을 해하려 한 죄, 이 아테나가 엄중히 벌하겠노라!"

『가즈 나이트 R』 21권에 계속…

면왕 백리휴

麵王百里休

무진등 新무협 판타지 소설

FANTASTIC ORIENTAL HEROES

'맛있는' 무협이 펼쳐진다!

가문의 선조가 남긴 비서
'백리면요결(百里麵要訣)'
모든 이야기는 이 서책으로부터 시작되었다.

『면왕 백리휴』

면요리의 극의를 알고자 하는 자,
모두 나에게로 오라!

Book Publishing CHUNGEORAM

유행이 아닌 자유추구 -
WWW.chungeoram.com

왕좌의 주인

이영후 판타지 장편 소설

FANTSY FRONTIER SPIRIT

작가 이영후가 선보이는 야심작!
가슴을 떨어 울리는 판타지가 찾아온다!

『왕좌의 주인』

세계를 몰락 위기로 몰았던 이계의 절대자들
그들의 유적이 힘을 원한 자들을 불러들이고…
그 힘을 취한 어둠은 암암리에 세계를 감쌀 뿐이었다.

"세계를 구원할 것은 너뿐이구나."

어둠을 걱정한 네 영웅은 하나의 희망을 키워낸다.
이계 최강의 절대자 티엔마르.
그리고 이 모두의 힘을 이어받은 새로운 존재…
은빛의 절대자 레오!

Book Publishing CHUNGEORAM

유행이 아닌 자유추구 -
WWW.chungeoram.com

FUSION FANTASTIC STORY

버퍼
Buffer

이영균 장편 소설

사귀던 연인에게 이별 통보를 받은 어느 날,
송염을 찾아온 기이한 인연……

『버퍼』

처음 보는 노신사와
그가 내민 소주잔… 아니 손길.

"난 그 힘을 버프라고 부른다네."

의문의 힘은 송염에게 이어지고,

"…그리고 이젠 자네가 버퍼일세."

지구 유일의 버퍼, 송염!
그 위대한 발걸음에 주목하라!

Book Publishing CHUNGEORAM

유행이 아닌 자유추구
WWW.chungeoram.com